# 四点钟起床的猎头

里 旭 著

中国社会出版社
国家一级出版社・全国百佳图书出版单位

**图书在版编目（CIP）数据**

四点钟起床的猎头 / 里旭著. —北京：
中国社会出版社，2016. 10
ISBN 978－7－5087－5471－0

Ⅰ. ①四… Ⅱ. ①里… Ⅲ. ①随笔—
作品集—中国—当代 Ⅳ. ①I267. 1

中国版本图书馆 CIP 数据核字（2016）第 248933 号

---

**书　　名**：四点钟起床的猎头
**著　　者**：里　旭

---

**出 版 人**：浦善新
**终 审 人**：胡晓明
**责任编辑**：陈　荻　　**责任校对**：陈　蔚

---

**出版发行**：中国社会出版社　邮政编码：100032
**通联方法**：北京市西城区二龙路甲 33 号
**电　　话**：编辑部：（010）58124864
邮购部：（010）58124845
销售部：（010）58124848
传　真：（010）58124856
**网　　址**：www. shcbs. com. cn
shcbs. mca. gov. cn
**经　　销**：各地新华书店

中国社会出版社天猫旗舰店

---

**印刷装订**：中国电影出版社印刷厂
**开　　本**：145mm×210mm　1/32
**印　　张**：7. 5
**字　　数**：160 千字
**版　　次**：2016 年 10 月第 1 版
**印　　次**：2017 年 7 月第 2 次印刷
**定　　价**：39. 00 元

中国社会出版社微信公众号

# 目录

# 目录

# 目录

# 【一】

# ·去做你自己喜欢的事情吧

## 梦想是用来实现的·

# 我的 101 个梦想目标

2014 年下半年，我参加了一个线下整理的分享课程，认识了一位叫袁春楠的女孩，她给大家分享了自己的 101 个梦想目标和坚持过程中的心路历程。当时我很受震惊：还有人这么清晰自己的目标并因此积极付出行动?！后来我去她的博客专门拜访，发现她也是受梁凯恩启发后列出了 101 个目标。不仅是梁凯恩还有很多人这么做。他们都是这样坚持着、实现着自己的目标并魔术般地改变了自己的人生。他们都是自己国度里的魔法师，争取最大的努力到达自己想要的世界。想想自己的国度里，其实我也在一直坚持去创造和实现着自己大大小小的梦想，只是我没有这么精细地整理过。

记得电影《遗愿清单》里，“两个患了癌症晚期的病人面对癌症为他们宣判的‘死刑’，列出了最后想要完成的遗愿清单，在余下的日子里度过了丰富和充实的时光。”那么，为什么我们不能在身体还行的时候去做任何我们想做的事情？难道非要等到癌症或是其他什么警钟敲醒，才开始觉悟和行动？生命本是一场倒计时，谁也不知道自己能剩下多少天。癌症的人因为知道自己的时月所以开始珍惜剩下的时间，而我们大多数人都不太愿意面对这件事。既然我们都有自己未知的终点，为何不早早接受？珍惜每一天可以珍惜的时光，趁年轻，趁身体还行，趁一切还来得及，去实现让你怦然心动的一切！

后来，我也仔细整理出了自己的 101 个梦想目标，并把它们通过一些媒体渠道公布分享了。目标列出来后也没有着急去一个又一个完成，而是享受着每一个梦想成真的过程，每半年也会重新审视一遍。因为随着时间的流动，有些当时列的目标后期可能会有些变化，有的人习惯每年修整一次，而我习惯半年审视一次，像是站在山顶俯视着自己所有的梦想目标。

我所有的梦想目标在设立的过程都坚持着几个关键词：清晰、有心动感、落地可执行。梦想里的每一个目标都让我怦然心动，不羡慕别人的世界、别人的生活，不在意别人的眼光，不自卑自己的起点，只是单纯努力去实现自己伸伸手、踮踮脚就可以够得到的梦想目标。既清楚自己的斤两，也不小瞧自己的爆发力，相信一个人的潜能是无限的。我需要做的就是顺从自己的内心，去尝试、去发现、去改变、去创造自己想要的一切。我清醒地意识到那些大大小小的梦想就是我想要的人生，我要做自己星球里的女王和主角，不瞎掺和、搅和别人的世界，也不被世俗的成功左右，我不要做世俗眼里完美的人，我想成长为自己心目中的样子。

说来也惊喜，自从我开始在一些媒体渠道上陆续分享自己的梦想目标以及实现的心路历程，这个小举动开始感染了身边很多亲近的朋友，也吸引了一些陌生的朋友，他们开始和我吐露心声，一些自己生活中的种种小心酸。他们说我给他们带去了勇气、力量和感动。而因为这些回应，我对分享这件事情也更加认真和有兴致。在这个不断影响和被影响的过程中，我自己竟奇迹般坚持了下来，要知道我活这么大还没干过什么坚持的事，我居然从“三分钟热度”、“没自信”、“没毅力”、“好吃懒做”、“马马虎虎”等关键词，成功给自己洗脑和逆袭成“有毅力”、“坚持”、“认真”、“勇敢”、“自信”等美好的品质，就好像之前我是扮演反面的角色，突然一个新的角色让我反转，从此有了好的观众缘。大家开始相信无论生活中还是戏里我都是这样满满元气。我也从“是吗”、“不是啦”等不确定心态逐渐坚定地相信自己也配得上一些优秀的关键词，自己也可以做到很多事情。

我始终觉得：

如果那真的是你想要的，没有什么能够阻挡你去实现的决心和向往。

无论有谁，唯有你不能嘲笑自己的梦想。哪怕再小，在别人眼里再不切实际，都要有勇气去正视自己的内心。

所谓梦想不是天方夜谭，不是海市蜃楼，而是一件件可完成的事情。

我们当下努力的每一滴都不会白费，像是一颗颗散落的珠子，在特定的某一天一定会组成一串串美丽的项链。

只要你不放弃奔跑，终有一天，会遇见心目中想成为的自己、闪闪发亮的自己、自己星球里成为国王的自己！



**我的一些心得：**

1. 尽量列通过努力可达成的、落地的一件件事情。无论大小，不给自己设限，也能认清自己的现有情况。

2. 目标可以超过101个，并不是非要精确到101个，101更多代表的是一种精神。

3. 有些目标可以配相关的图片，增加可视性。图片也可以打印出来制作成梦想图板，也可以汇集成组合图片放到自己的手账本或当成手机主题背景图，最好能经常看见，不断激励和提醒自己前行。

4. 心态放平，不焦急。罗马不是一天建成的，只要一直行动和努力就可以了。过程也是很美好的，结果完成与否都不责怪自己，放过完美的自己才能遇见更好的自己。

5. 可将目标分享公布出来，用公众的力量督促自己前行，朋友看到能帮上你的地方说不定会加快目标的实现进度。

6. 每个月如果习惯做总结，可以加上101个梦想目标达成情况，强化目标，督促前行。

7. 一些可量化的数字目标可做成Excel表格单独记录。

8. 为每一个目标实现而开心，学会嘉奖自己。做卓越而不是完美的自己，多给自己正面的肯定。

9. 对一些外在的嘲笑和不认可不要太在意，学会不受负面人的影响。多吸引正面的人事物，保持元气好的状态，才能吸引更多好事发生。

10. 自己的世界自己要努力去创造，别人不帮你正常，但若有人帮了你要学会感恩。

**附录：**

## 我的101个梦想目标

1. 成为一名资深专业的猎头顾问。

2. 年薪过百万。

3. 听100位专业猎头、HR的沙龙或相关培训。

4. 完成印象笔记等其他软件的大部分信息知识云存储，将现有资料归类整齐。

5. 拍一套职场清新写真。

6. 能将时间管理做得很好，会打理自己的时间。

7. 学会知识管理，能把自己的所有知识和信息打理清爽。

8. 找到适合自己的职场形象和风格。
9. 做一个梦想图片愿景图。
10. 列出30岁以前的清单。
11. 出第一本自己的书。
12. 看1000本书，并分享。
13. 看1000部电影，并分享。
14. 原创文章写1000篇。
15. 坚持写成功日记。
16. 坚持练瑜伽。
17. 坚持早起不赖床。
18. 学会5种简单有意思的魔术。
19. 学会用思维导图。
20. 学会做100道菜并制作一个自己的菜谱。
21. 学会跳20支拿得出手的舞蹈。
22. 学会唱20首能拿得出手的歌曲。
23. 可以用英语和外国人交流。
24. 学会游泳。
25. 学会弹吉他。
26. 学画画，画100幅作品。
27. 学会化妆。
28. 学会讲10个好笑的笑话。
29. 学会切花式水果。
30. 会弹钢琴。
31. 会跳探戈，并有机会在舞台上演出。
32. 我的长直发黑黑顺顺。

33. 把脸上的痘痘去掉。

34. 拥有马甲线。

35. 减肥成功到 90 斤。

36. 全身变白。

37. 做个漂亮的眉毛。

38. 拥有属于自己的衣帽间。

39. 拥有维密身材。

40. 做自己，不受别人影响。

41. 真诚对待别人，付出不求回报。

42. 渐渐远离负面的人、事、物，渐渐靠近正面的人、事、物。

43. 不抱怨任何事情。

44. 学会站在别人的角度思考问题。

45. 搬到自己喜欢的房子，屋子布置成自己喜欢的风格。

46. 养很多花。

47. 去看一场话剧。

48. 滑冰一次。

49. 生一个孩子，拥有幸福的家庭。

50. 出一张个人唱片。

51. 起早去看一次升旗。

52. 去德云社听一次相声。

53. 去皇家粮仓看一次《牡丹亭》。

54. 去北京夜店玩嗨一次，喝大酒喝醉但可以自己回家。

55. 给自己安排一次温泉旅行。

56. 去陶艺室玩，做艺术品。

57. 演一次话剧。

58. 到山顶看一次日出。

59. 潜水体验。

60. 一个人出去旅行一次。

61. 做一天街头艺人，弹吉他唱歌。

62. 开一场个人演唱会。

63. 养一只可爱的狗狗。

64. 做一个生活惊喜本，用彩笔、图片、文字、贴纸记录生活的美好。

65. 每天早上做精致营养的早餐。

66. 收集各种可爱温馨的碗和盘子。

67. 每年做一个视频的记录总结。

68. 国内旅游 30 个地方。

69. 国外旅游 30 个地方。

70. 找到男友。

71. 和男友单独去旅行。

72. 带妈妈去旅行。

73. 去南极看企鹅。

74. 和几个朋友一起疯狂旅行一次。

75. 去日本看小丸子。

76. 在北京给妈妈买一套房子。

77. 给自己买一套房子，装修成自己喜欢的风格。

78. 买一台投影仪。

79. 买一台苹果电脑本。

80. 买一个苹果手机。

81. 买一台扫描仪。
82. 买一个白色的大书柜。
83. 买一件白色的男士衬衫，只为取悦自己。
84. 买一个单反。
85. 买一台缝纫机。
86. 买一个漂亮的皮箱。
87. 收集高木直子所有的书籍。
88. 买一套最爱的床单四件套。
89. 买一个脂肪率测量仪。
90. 保持童心，买小贴纸玩具玩偶。
91. 去游乐场玩一次旋转木马。
92. 公共微信账号关注人数涨到 1000 个。
93. 拍古装写真一套。
94. 任性地吃一次自助餐。
95. 配 5 副不同的眼镜。
96. 体验一次滑翔伞。
97. 拾起广播，用声音分享。
98. 帮助 50 个儿童上学、看病。
99. 成为资深猎头顾问后，每年去 20 个猎头公司做分享。
100. 学会理财，学会打理自己的财富。
101. 找到 5 条财富管道，财务自由。
102. 拍一套京剧写真照。
103. 一旦有能力就要开始准备我和妈妈的养老金。
104. 采购一些 DIY 首饰配件，自己做首饰。
105. 开始学绘画，每天画一幅，以后可以出一本类似高木直子的绘本书，记录自己的北漂或者猎头的经历。

106. 做一件玻璃的艺术品。

107. 玩软陶，做软陶饰品。

**我的一些梦想完成的情况：**

看 1000 本书：93 本

看 1000 部电影：91 部

原创文章 1000 篇：264 篇/375224 字符

培训：65 个

已实现梦想：35 个

**30 岁前梦想清单**

1. 90 斤体重，18% 脂肪率。

2. 拥有马甲线。

3. 学会化妆。

4. 学会穿衣搭配，找到自己的风格。

5. 谈一场美好的恋爱，找到人生伴侣。

6. 搬到一个宽敞的房子。

7. 学会弹吉他。

8. 学会做美味的饭菜。

9. 学会跳舞 10 支。

10. 学会唱 10 首歌。

11. 旅行：布拉格、意大利、日本、法国、云南、西藏、成都。

12. 起早去看一次升旗。

13. 去游乐园玩一次旋转木马。

14. 学会沟通，让别人舒服。

15. 养很多花。

16. 带妈妈去旅行。

17. 成为一名专业、资深的猎头。

18. 坚持阅读，看 200 本书。

19. 看 200 部电影。

20. 学会时间管理，最大化优化和管理自己的时间。

21. 坚持写作。

22. 坚持练瑜伽。

23. 坚持运动。

24. 保持童心，买小贴纸、买玩具玩偶。

25. 真诚、认真对待生命里遇见的朋友。

26. 好好护理自己又黑又顺的头发。

27. 拍一套职场清新写真。

28. 出第一本自己的书。

29. 学会做 100 道菜并制作一个自己的菜谱。

30. 渐渐远离负面的人、事、物，渐渐靠近正面的人、事、物。

# 把每一年当成人生最后一年过

如果能穿越回到初中，我一定鼓励自己坚持写作，即使被所有的人嘲笑也依然要坚守自己的梦想。

如果重新穿越回到高考那年，我一定鼓起勇气去复习，考上一所好大学让父母和自己都感到骄傲。

如果，早知道父亲会在 2008 年中秋后将永世和我分离，那一年暑假我一定一定回家。

如果让我重新选择一次职业，我想一毕业就做猎头，省掉中间的迷茫、辗转、探索，努力赚钱，然后开发自己的潜能，支持自己其他的梦想。

可是人生没有如果，我不是大熊也没有叮当猫，也没有龙猫可以带我飞向想去的目的地。

有些遗憾、迷茫、无助，需要自己挺过来的还是要自己走过来，所有的酸甜苦辣还是要自己尝一遍。不要指望有谁帮你一下子脱离苦海、不要指望有谁能给你指一条特别宽敞的康庄大道。有人帮你要学会感恩，没有人帮你，那再正常不过了。

但是，我们可以做的是：

以后的以后，可不可以少一些遗憾、多一些成就，少一些害怕、多一些勇敢？

让剩下清醒的时间里多一些更加珍惜的时光！

李欣频曾说过："我就是把每一年当成人生最后一年，我说的愿望一定在今年完成。我最高的人生创意就是要让我活在每一分、每一秒中，即便这个时候突然走了，没有留下任何遗憾。"

奥斯卡·王尔德也曾说过："就做你自己吧，其他角色都已经有人了！"

把每一年当成最后一年来过。

如果20岁的时候就能认识这句话并按照这样的心态去生活，现在的我该是什么样子？那样的画面太美，我不敢去想。但如果我现在是60岁，我或许也会嘲笑自己："你傻啊！现在多年轻啊！赶紧想干什么干什么去！"女人都担心自己会变老，有的时候给自己设置的限制和条框甚至比男人都多。以前我脸上长满痘痘的时候总觉得会慢慢好的，皮肤也会慢慢变好，但是转念一想："不对呀！我会随着时间的流逝越来越老，好像抵抗不过岁月这把杀猪刀，现在努力有什么用呢？"后来又一个声音若隐若现："如果现在不努力好好对自己的身体和灵魂付出，十年后一定会更糟糕的。岁月既是杀猪刀，也可以是魔术棒啊！如果身体最后变得不如从前轻盈，起码心态要一直年轻吧！”我们都会老的，也早晚会面临和这个世界告别的那一天。

李开复患病之后曾吐露心声：“如果不是癌症，我可能会循着过去的惯性继续走下去，也许我可以获取更优渥的名利地位、创造更多成功的故事。癌症把我硬生生推倒，这场生死大病开启了我的智慧，让我更真切地知道生命该怎么过才是最圆满的。”正如在纪录片《向死而生》结尾所说的那样：现在我愿穿越虚无的影响力，做一个谦卑的筑梦者，一针一线地编织梦想，做一个有血有肉有真情有大爱的李开复。

很多人将工作和生活混为一谈，一旦工作有了不如意便觉得人生都轰然倒塌。也有好多人更在意所在公司里供职的一些光环，很少有人会关注自己这一世到底该编织怎样的梦网，在自己导航的梦网上如何才能活得更漂亮。也有很多人的人生被很多双手随意改变着风向标，活成了不知道是谁的四不像，可能时间太久都忘记了自己的感受。



电影纪录片《天地玄黄》中有很多镜头让我印象很深刻。其中有几个镜头来回切换，不禁让我产生很多联想：加工厂里成群的小鸡仔被制度化规律化地养大，然后用机器成批地加工输送到不同的环节加工。不知道鸡仔们是怎么想的，估计它们也没有想法，就算是有想法也没有能力跳出这个鸡圈。切换的镜头是地铁里和马路上，人也同样川流不息，拥挤不堪，如加工厂里的小鸡仔，不知道大部分人知不知道自己要去哪儿。如果忽然有一只小鸡仔从工厂的流水线里跳出来，我猜它肯定会让同伴们感到不解。一个人，当你突然在某一天被另一个人或者一件事情点醒，决定开始要过不一样的人生，决定要过自己想过的人生，不被世俗的成功绑架的人生，或者只做让自己觉得开心的事情的时候，通常称为“灵魂的觉醒”。然后，当你把顺从自己内心想要做的事情和身边的一圈朋友说完，我猜你会得到90%的不理解和质疑。因为之前你一直和他们过一样的生活，状态就像工厂里一个流水线上的小鸡仔，突然你从中跳出来去寻找一种新的活法，和身边的人立马会产生各种的不和谐。一双双无形的手都想左右别人的人生，因为他们自己也不敢走出这一步，当然也会劝你拥有同样的价值观，于是你一不坚定就淹没在了人流洪水中。大多数人给的建议都是他们自己价值观的投影，仔细观察那些给你意见的人，他怎么建议你的他的人生通常就怎么活的。很多人是不自信的，找别人商量是希望能求认同求理解求力量求勇气。

我曾经就是这样的人，当我把自己的想法和身边的人说了，几乎支持率全军覆没，但是只有我自己还依然坚守着。很多年后我才改掉这个毛病。当你开始要变得不一样，你就不是曾经生活的那个圈子里的人了。你对100个人说一遍，估计有90%的人是不认同的，为什么？因为求安稳是大多数人的价值观，很少有人去冒险。如果从整个人类历史长河上看，没有那些敢于有不同的人，社会也不会往前推动进步，总是一小波人勇于创新去引领更多人前行。现在2.0时期的我不再会像以前那样没自信地到处求认同，自己决定要做的事情直接开干就好了，结果好与不好自己照单全收，也随大家品头论足。这样做的好处是从头到尾我自己都很开心啊！我也不会因为失败而伤心——都是在玩了，哪有不跌倒的呢！

不知道你有没有感觉，时间总是过得很快？玩着玩着就老了，如果再不玩点自己想玩的，就真的老掉牙了！记得以前父亲对我说，他昨天还觉得自己是个年轻人，谁知道一转眼就50多岁了。当时我还在心里暗暗嘲笑他，怎么会是一转眼呢，那么多年呢！谁知一转眼我也是个奔三的女人了。真的就是一转眼，时光如白驹过隙电影镜头一般闪过。

谁知道自己最后一年是哪一年呢？灵魂一旦觉醒，相信很多人都会开始学会珍惜时间和剩下的日子。假如我们的生命只剩下最后365天，你会用来做什么呢？还会勉强自己去扮演自己不喜欢的角色吗？如果有别的灵魂进入你的身体，用你现在的身体、身份活得更有意义、更有价值，那又会是怎样的人生呢？如果从现在起改变自己的思维模式，启动自己的最大想象力，你还会想做什么呢？如果从现在开始，我们一起把自己重新换一个新的版本，接下来会是怎样呢？我相信如果你允许自己被点燃，一切都会开始慢慢变得不一样起来。

很多人不是看不见未来，而是不敢看自己的未来，不敢跳出自己身处的加工流水线。就像《疯狂动物城》里的台词：“我们唯一害怕的就是害怕本身。”年轻的时候总是想要得到很多东西，不管是不是自己想要的，都想装进口袋。人一旦有了无穷的欲望便有了期望值，这是很多人不开心和有压力的原因。因为很多人都因为期望值达不到理想标准而恼羞、不甘心，但是总有的人知道自己想要什么。知道在人生的旅途中该捡什么，既积极去争取，也不会因为一时的得不到而愤愤不平。因为在追逐的过程中也是很快乐的，有时甚至不太在意那个最后的结果。

我相信幸福的人生一定是学会不断放下，能偶尔倾听一下自己的内心，捡一些自己想要的。珍惜当下，珍惜自己所拥有，从始至终都身心轻盈。即使被通知要离开这个世界，也不会将很多期望寄托到下辈子，因为这辈子已经足够幸福了！

# 优秀是一种习惯



## 即使完不成　每年的计划还是要做

从 2011 年 7 月我列出那年我最想做的事开始，这么多年，这个习惯一直坚持着。

有好几年年初订完计划，到年尾才会拿出来看看，都是一副完好无损的样子，计划了看书，还是迟迟不动，可以说这么多年我都没真正坚持下来做成什么事情。虽然那几年都没有完成多少，但是每年年初还是鼓起勇气去计划和畅想，坚持做计划这件事情倒是坚持下来了。

有人说计划赶不上变化，很多计划在实现的中间有可能会发生一些变化，既然赶不上变化为何还要做计划？我们打个比方，你迷失在荒野里，手里如果有一个导航仪，你是拿着导航仪走得快还是随便乱走出来快呢？年初制订了一些计划，年中有了一些变化，那么不如到时候调整一下罗盘，这个浪费不了多少时间。以每月作为一个小单位，每月月初制订一个计划，如果不合适，下个月再进行调整，这样每个月行动起来不就更高效了吗？计划是小事，重要的是时刻知道自己在哪里、想去什么地方、还需要多远到达。

2011 年，我在本子上洋洋洒洒地写了 12 条梦想目标，那时候以为一切都重新开始了，我开始新的生活了，自己也会立刻开始不同。可是人都是江山易改本性难移的，以为自己到了一个新的环境会很快发生翻天覆地的变化，谁知还是要经历一个艰难的过程。没有谁一下子就能改变成自己心目中的样子，都需要经历一段或长或短的时光。但是那又怎样呢？思想上开始转变也是巨大的改变，当你决定开始遇见不一样的自己，你的人生不就是已经开启了一个新的篇章吗？

2012 年那一年是我最迷茫的一年，年初订的目标几乎都没有完成，但是这一年慢慢地看了 12 本书，也算走了一小步。

2013 年我开始明白，目标的定制一定要踮一踮脚能够到，要贴近实际，要具体，最最重要的是坚持。这一年制定的目标开始具体到了每天的时间安排。这一年虽然完成计划少得可怜，但是这一年已经慢慢开始学会坚持了。2013 年看了 21 本书。

2014 年是我全面爆发的一年，从这一年开始，我终于可以坚持做很多事情。只要我想，基本上我都相信自己可以做到，因为当你有一件事情自己可以做到就会相信自己可以做到很多事情，这是对自己的终极信任。这一年看了 30 本书，而且我相信以后即使再忙看书写字都可以坚持下去，因为这已经变成了一种习惯，并且越来越喜欢做这件事情。看来只有你真正喜欢的事情，才能坚持下去，不然会很痛苦。

2015 年我的重点放在了写字和工作上，经常会加班到很晚，周末的时间也去参加一些培训活动。这一年还是很拼的，但是看书写字已经被我和工作生活融合了起来，变成了不可分割的一部分。（读书：24 本书；写字：108 篇/174951 字符；电影：48 部；培训：37 个。）

从 2016 年开始，我的目标订得不像以前那么贪心了，因为我越来越了解自己的精力和实现目标的张力；也知道自己身体的一个健康极限，什么样会比较累，什么样的强度能持续下去，开始更注重效能而不是单纯追求效率。这一年我只订了 7 个大目标，一些习惯已经能很好地坚持下来。我越来越知道自己想要什么和不想要什么。

所以，不要再找借口说没时间做计划了，也不要再说做计划没有用了。既然选择了奔跑，为何不选择一些办法和工具让脚步加快？既然想要重新活出一个全新的版本，为何不给自己的行动加上指南针等装备？



### 梦想手账本

我的手账本经历了几个时期和阶段。最开始只是随便找个本子记录一些最近要做的事情，做完的打钩；用的本子只是一个很普通的笔记本，也没有太在意。后来，知道了有一种效率本在淘宝网上卖得很火，刚好一位朋友送了我一本，记得当时真是高兴坏了。用了一小段时间后发现它不是特别适合我，因为我想买一种全年 365 天都会有一页的，加上如果有周计划和日计划的增加页和一览表就更好了。终于淘到了一个365页的本子，每天都有一页，每页上边都有日期，还有每月一览表。这个本子坚持用了大半年，也在逐渐探索用什么方式记录更舒畅。

一开始只是列出要做的事情，后来逐渐学会用标点符号分清事情的轻重缓急，做完的打钩，没做完的打叉。下边记录每日的饮食，上边写上当日的作息时间；如果回顾本月中早起的次数比较多，也会奖励自己一个小礼物。就这样走哪儿都带着这个本子，如果做月计划的话就用便利贴写好粘到上边。

又过了一年，我有了想买个轻本子的想法，挑来挑去最后我决定用活页本和活页纸自己组合一个适合自己的日程本，之后又买了一个手持打孔器，自己放上的其他纸张按照本子皮小孔的位置打完一起放在本子里。里边的活页纸网上也有的卖，很多种，有方格、条纹、空白等等，根据自己的需求可以任意搭配。

有时候我甚至在白色的空白纸用思维导图的方法画出本月的计划，周计划或者月计划用一种纸，每日的日程用一种页。做完的像以前一样打钩，用其他颜色的笔写上一些计划外完成的事情。这样每日涂涂抹抹，看着每天画的钩越来越多，竟感到无比踏实，像是一个工人看着自己的房子一砖一瓦盖起来一样欣喜。

**我的手账本主要组成部分有：**

1. 梦想蓝图片版（用图片打印出来的梦想图片集合）

2. 101梦想目标（101梦想目标完成的打钩）

3. 2016年计划目标（今年要做的重点的事情，随时拿出翻看提醒自己）

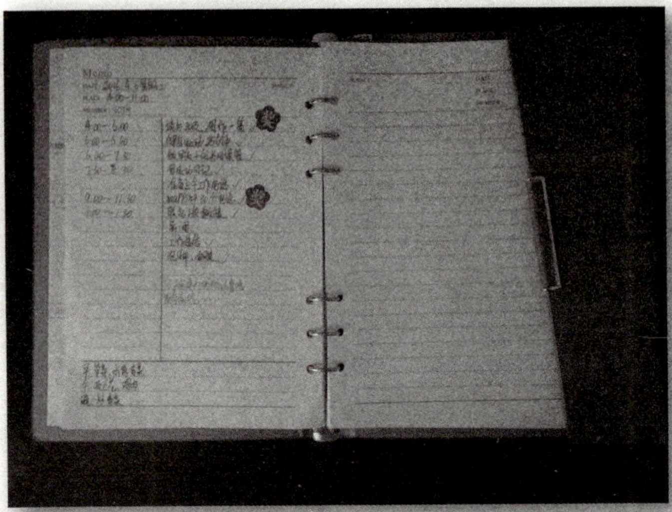

4. 月份一览表（每月重要事关键字记录）

5. 顶级猎头顾问前进导航仪（自己制作的思维导图）

6. 四点起床习惯培养卡（每月一张早起打卡表，早起的次数增多适当给自己小奖励）

7. 别人的灵感（看书、看电视、和朋友聊天时别人说的比较有启发的话和灵感随手记下来）

8. To do list（要事清单，可分最近清单和长期清单）



现在做计划有各种 APP 软件，用手机软件做日程安排也可以。但是我个人还是喜欢用这种最原始最简单的方法做日程安排，觉得随手可以记录一些东西更方便，还可以没事翻翻要完成的那些梦想目标，如果是放在手机里一忙起来可能就忘记了，但是本子的可视性比较强，随时提醒你还有美好的梦想等着你去实现，要赶快行动起来哦！

## 让我变得自信的小习惯：成功日记

如果说"101 梦想目标"是导航仪，那么成功日记就是脚踏实地走的每一步！

从 2014 年 11 月份开始，我便开始坚持写成功日记。我一直知道有成功日记这个东西，但是一直没有对它给予重视。我不记得在哪本书里看到过有关于成功日记写作注意事项了。从我第一天开始写的时候就按照自己的意愿来坚持记录，只是简单地记录昨天发生的一些自己认为比较认真或是进步的事情。后来看《小狗钱钱》，小女孩将理财的经验坚持写成功日记，于是更坚定了要尝试坚持这个习惯，看看有什么效果。

"只要翻一翻成功日记，你就会从过去的事情中找到证据，相信自己未来也有能力完成任何事情。"——《小狗钱钱》

这段话说得没错。当我到现在坚持写了几百条成功日记后，我从总是质疑自己慢慢变成越来越相信自己。回头再次翻看自己的一些成功日记，好像散落在天空中的一颗颗星星，只因为我不停地增加星星的数量，才使得夜晚更加璀璨。这些微不足道的小事虽然对别人来说没什么，但正是因为这些行动，我才逐渐清晰自己、掌控自己，越来越相信自己。

现在每天早晨我开始越来越期待写成功日记，心里也会做一些小小暗示：如果今天可以多写几条就好了，写的时候就是按照"梦想手账本"完成的事情加上一些心态，每一天都感觉过得很充实和完整，每一天也希望多去改变和遇见一些美好的事情，这样第二天就能记录下来。周而复始过一天期待一天，过一天认真一天，365 天复制下去，生活也慢慢有了改变和起色。

成功日记让我遇见最大的不同就是，我开始相信自己是一个坚持的人。毕竟过去那么多年我没有坚持下来任何事情，有太多事情都是半途而废、前功尽弃。但是现在我无比相信自己是个坚持的人。你会把自己在一件事情上的坚持复制到别的事情上，进而会蔓延到你完全地相信自己真的可以坚持做很多其他的事情。

让我们来尝试一下，把今天觉得自己做的进步的事情用一句话两句话记录下来，不管它多么小都不要嫌弃，哪怕是心态上这些有些抽象的东西，不用限制自己一定要记录多少条。这个过程应该是愉快的，坚持一周回头看看成果，我相信一定会有惊喜发生哦！

# 我们如何管理时间，就如何改变我们的命运

李宗盛的一首《寂寞难耐》道尽了岁月蹉跎的无奈，引起很多歌迷心灵的共鸣：“总是平白无故地难过起来，然而大伙都在笑话。正是精彩，怎么好意思 一个人走开？不是没有想过随便谈个恋爱。一天又过一天，三十岁就快来，往后的日子怎么对自己交代？寂寞难耐，寂寞难耐，时光不再啊，时光不再！只有自己为自己喝彩，只有自己为自己悲哀……”时间和青春总是这样留不住，一转眼，30 岁就快来、40 岁就快来、50 岁就快来、60 岁就快来。你不珍惜它，也是一转眼就来，一天又接一天地覆盖，不好好珍惜，怎么对得起仅仅只有一次的光阴呢？

我身边有些朋友很排斥时间管理，他们觉得时间管理就是把人弄得像机器人一样，一点都不自由。或许很多朋友都有这

种认知，他们不喜欢被管理，向往自由。但有的时候，当有些事情突然发生，有很多事情堆积如山，压得他们喘不过来气的时候，反而开始抱怨生活。但是如果将这些事情交给一个懂时间管理的人，他们会拎得清轻重缓急，懂得将目标分解，懂得将紧迫、不紧迫、重要、不重要四个象限的事情分得很清楚。那些真正懂得时间管理的人，他们通常做得比较多的反而是一些防患于未然的事情，他们的思维模式是预防型的。如果我们做不成这样时间管理的高手，是否可以开始重视起时间管理这件事情呢？能掌控自己的生活，不因突发状况而心急火燎，也总能在同样的时间里创造出比别人更多的价值，这样不好吗？

网上曾有人算过关于人的一生究竟有多少时间是可以支持我们去创造价值和可能性的计算。假设人类的平均寿命是 80 岁，除去 1—20 岁和 60—80 岁，剩下的 40 年为一个节点，其中再去掉相关的消耗时间的项目：

| | | |
|---|---|---|
| 睡眠 | 每天：8 小时 | 40 年耗时：13.3 年 |
| 一日三餐 | 每天：2.5 小时 | 40 年耗时：4.2 年 |
| 交通 | 每天：1.5 小时 | 40 年耗时：2.5 年 |
| 电话 | 每天：1.5 小时 | 40 年耗时：1.7 年 |
| 看电视、上网 | 每天：3 小时 | 40 年耗时：5 年 |
| 看报、聊天 | 每天：3 小时 | 40 年耗时：5 年 |
| 刷牙、洗脸、洗澡 | 每天：1 小时 | 40 年耗时：1.7 年 |
| 闹情绪、身体不适 | 每天：2 小时 | 40 年耗时：3.3 年 |

所以我们只剩下 3.3 年去创造我们的价值，去实现我们的梦想，去支撑自己这一生的所有财务开销。如果我们年轻时懂得理财，或许老年也照样能过上不差的生活。

有一次参加一个线下时间管理沙龙的活动，老师曾带领我们做过类似这个撕纸条的游戏。比如，将纸条分成 10 份，每一份代表 10 年，如果你已经 20 岁了，请撕掉两份，撕掉其他的消耗时间，手里的纸条少得可怜。有些事情光是说，可能没概念，落实到具体的实物上更生动一些。

以前我是个特别爱看电视的人，当一个人来到北京没有电视后，不看电视这个习惯没想到却变成了好习惯。对我来说，北漂这几年我从来都不看电视，有特别好看和感兴趣的节目直接在电脑上看，更有针对性。如果我们都能形成自己独有的时间管理风格，对自己的人生和时间都能够有掌控感，那些所谓的慌张、焦虑、不安全感都会渐渐减退。

除了电视，在这个信息高速发展的今天，还有很多吸走我们时间的水蛭，例如：微博、微信朋友圈、游戏、找东西、电话粥…… 每天我们都被一些东西无形地榨去了很多时间，这也就是为什么有时候我们感觉时间过得很快却发现一天下来其实没干什么。如果这样重复一周、重复一年、重复十年、重复五十年…… 所以别怪自己的世界没有什么幸运发生，幸运其实不过是充分准备加上努力后的结果。

蔡康永曾说："15 岁觉得游泳难，放弃游泳，到 18 岁遇到一个你喜欢的人约你去游泳，你只好说‘我不会耶’。18 岁觉得英文难，放弃英文，28 岁出现一个很棒但要会英文的工作，你只好说‘我不会耶’。"李敖也曾说过："不怕苦，苦半辈子；怕苦，苦一辈子。”

人生前期越嫌麻烦，越懒得学，后来可能错过让你动心的人和事就越多，错过的风景也就越多。不过短短几十年，从我们出生那天起就开始追赶死亡那天，如果我们不将自己的蜡烛最大限度发光燃烧，那岂不要白白来浪费一些光阴吗？所以根本就没有不会时间管理这一说，只有想不想学的问题。只要你想，没有学不会的东西，信念决定一切。重视时间管理是生活的态度，是人生观、世界观、价值观的问题。你怎么过今天，就怎么过今年，怎么过今年，就会怎么过一生。所以，当你开始重视起自己宝贵的时间，相信生命也会开始有了不同！

我学习和实践一些时间管理，迈进了第二年，这期间也在逐渐让自己有了掌控感，逐渐多做一些预防型的事情。我将它们简洁地整理如下，如果能给你带来点启发，再好不过了。



1. 整理自己的书桌，保持整洁干净，井然有序。

2. 刚开始可以做时间日志，记录一周观察时间都花在哪里，找到吸走时间的水蛭根源。

3. 每天最先完成最重要的事情，可三件可五件，做完最重要的事之后也会轻松不少。

4. 利用一些碎片时间，如等人、等车、坐地铁、坐飞机等，用来完成一些琐事，如看书、做计划、回微信。

5. 利用日程本或者手机软件，将即将要做的事情记录下来，软件可设置提醒，日程本可在后边加几张清单纸。

6. 每天早上、中午过一遍今天要完成的事情，按轻重缓急排序。

7. 集中时间处理邮件等耗时的工作，集中时间做可以提高效率。

8. 可用工具：日程效率本、番茄计时器（办公室可用沙漏型，不打扰别人）、便笺纸、便利贴。

9. 生活上整理也可节省时间，可来一次断舍离。

10. 饮食上可列自己每周的食物清单，或者经常吃的食物清单和做法。尤其是早晨，尽量减少花在想吃什么上的时间。

11. 经常回顾或者看一遍今年或者接下来几年要实现的目标，用小本子记录下随身携带，经常提醒自己。

12. 相片可放在云端收藏，做好分类，方便查找。

13. 渐渐远离一些负面的人、事、物，多接触正面的人、事、物，不让自己陷入自己或者别人的负面情绪里。

**推荐书籍：**

《高效人士的七个行为习惯》

《小强升职记》

《怦然心动的人生整理法》

# 梦想照进现实，我上杂志了

曾经写了一篇文章，是关于早起话题的，记录了自己如何挣扎着养成凌晨4：00起床的习惯。没想到这篇文章阅读量很高，紧接着被贴上了“晨型人”的标签，又很神奇地进入了一个又一个晨型人的微信群，很多人每天在群里互相鼓励互相督促。虽然我没时间去查看信息，但也受到些感染。

后来文章被朋友牛牛转发给他的朋友雷宗扬，这位帅哥自己在运作一个微信公众号“晨型人”，于是这篇文章转发在了他的平台上，没过多久他跑过来和我说有好消息，说《中国妇女》杂志找他约稿。因为他是男孩，《中国妇女》是女性题材为主，于是推荐了我。当天晚上我熬夜写到半夜，将一篇长文发给了编辑。我怕这个机会转瞬即逝，希望能努力以最快的速度交稿，虽然最后只能选大概1000字，但是我写了3000字，希望编辑们能有备选。后来编辑看了后回复，让我补充一些起床后都做了什么，以及达到了什么效果。真的好珍惜这个机会，哪怕让我改多少遍都愿意。我知道这个机会来之不易，既然让我遇见，就一定要尽力抓住。

投递稿子第二天，居然通过了。那种感觉就像《当幸福来敲门》里的男主最后终于获得了一份工作机会时的幸福。坚持了这么久终于有点回报了，全是满满的感动。被通知稿子审核通过，是在办公室，不然一定会手舞足蹈大声喊出来。其他几个一起约稿的同伴是过两天才交的，只有我这么急，做什么事情都是这样，总是希望最快完成。

稿子是通过了，没想到照片又出问题了，上次拍的一套写真都是小图，编辑说要大图。于是匆忙找了一家照相馆，团购价买了一套个人写真系列。我临时抱佛脚的时候比较少，这次还真的体会到了。照片出来后我崩溃了，实在是太难看了，不过再重新照一套也来不及了。最后，在里边勉强挑了一张照片交差了。经这次照片事件，我认识到家里一定要准备几张照片，必须是大图，万一哪天又有哪个编辑过来找我约稿子好有存货（自己想得挺美的）。

投稿的事情完成后，在微信上感谢了牛牛和他的朋友，或许没有他们我也不会被杂志社发现。感谢来感谢去，也还要感谢自己，感谢自己的坚持和努力。一直不离不弃照顾着那些起初连自己都有些不相信的梦想。我已经准备好了练笔五年，没想到第二年就被发现。我每天都在猎别人，但是其实我特别希望有一天能有编辑来猎我，这一天终于等到了。虽然只是一个1000字的杂志露脸机会，但是我相信有第一次就有第二次，有第二次就有第三次。一定要存有相信的能力，只有相信什么才会实现什么。有时候自己设定的梦想虽然看似高大，但是你只要往前走一步，哪怕只走一步，都是比昨天要进步的！如果你没有天赋，就要有足够的努力，要相信过去的每一份努力都不会白费的！

感谢《中国妇女杂志》，感谢给我上场的机会！

2015 年 3 月 7 日

【二】

# ·如果不北漂，生命里一定会少一块·

# 北京，我来了

车鸣声，屋里水管流水声，隔壁屋子说话声……所有的声音混合到了一起。2011 年 6 月 29 日，那是我独自在外租房的第一个晚上，不起眼的屋子虽然被我用布修整了一番，但还是掩不住它本来的简陋。明天的面试仿佛又悄然而至了。喜欢夜晚，但又害怕夜晚，因为晚上周围并不是宁静，而是一个又一个的喧嚣。我又开始计算剩下为数不多的银子，数了又数，算了又算，它们就在那里只减不增。

这是我的选择，起码暂时、此刻，我仍然无悔我的选择……

我的心飘荡在这座城市的上空。北京，我真的要开始我的工作、学习、生活了……

每一次走出北京站，看见熙熙攘攘的人群，我的心都无比激动，那种感觉像是第一次出北京站一样。我仿佛看到、仿佛闻到很多有梦想的青年都踌躇满志地准备出发，准备在这座城市里开始新的生活。

《孤单心事》每次听，都会想起那几年我孤零零的背影，穿梭在一栋栋楼宇间寻找一家家公司的场景。来北京的第一个月，每天晚上都去家附近的打字复印小店打印简历，因为总去，店主会不禁问我：“还没找到合适的工作吗?”我不好意思地回应说：“嗯，快了!”因为不好意思再回答她的问题，就会换另一家店，哪怕她会便宜我几毛钱。现在每次看见家里打印机都会想起不久的昨天我天天去打印简历的情形。那时候我最大的希望就是能尽快找到一份工作，尽快安定下来。北京的太阳很大，我经常迷失在栋栋的楼宇间，找不见路就顺着走下去，偶然发现一个文物古迹、公园都会很开心地去东看西看。有一阵子觉得我生活在一个自己的世界里，每天找面试地点，然后回家，去“智联招聘”海投简历，一开始还会认真看看选什么样的机会，到后来会每天投递100封左右的简历。

有一次投递了一家影视公司，看着身边穿着时尚的应聘者，会觉得我真的生活在自己的世界里，显得那么格格不入。他们参加过《超级女声》选秀节目背后的录制，他们穿着时尚。她们以前在影视传媒公司做过，她们好像什么都懂，而面试官一问我只会摇头说不。肯定没戏了，这样的工作好像不适合我，那我适合做什么又该做什么呢？有一阵子感觉大家都去上班了，好像都挺忙的。我身边没有什么朋友，大学的几个闺蜜分布在全国各地，我就像是一只落单的小鸟离开了队伍，不知道该往哪里飞。那时候偶尔认识一个朋友，都会开心好几天，感觉自己的星球又多了一个人。她为了唱歌来北京的，她每天都练歌；她写了一个电视剧剧本，好厉害；她和我一样直来直去，有什么说什么，而且我终于有了一个能说话的邻居。然后不久，这些朋友又一个个消失在人流里，消失在茫茫人海里。我又变成一个人回家吃饭睡觉。

后来好不容易找到了第一份工作，那是一份小美发杂志社编辑的工作。我欣喜若狂，以为自己可以靠文字赚钱，既能坚持爱好又能实现理想。没想到第一份工作不到两个月就被辞了，现实给了我一记重重的耳光。一起招进来的三个编辑都是文字专业科班出身，就我一个人是毫不相关的治安管理警校出身。被赶出办公楼的夜晚，觉得北京格外无情，蹲在地上哭了五分钟，然后起身，觉得那样很浪费时间。现在觉得那五分钟都是多余，没错，那时五分钟我的心态就调整好了，很多人觉得不太可能，可是我的自我疗伤功能就是很强。在你最差的时候别指望有人来安慰你帮助你。尤其是北京这个都市，很多人都在忙生存，你需要自己坚强地站起来。

那时以为自己找到了一份工作，要开始过稳定的生活了，所以也从 400 元一间的隔断间搬到了旁边环境稍微好点的一栋民用自建房里。新的家，终于有了卫生间，可以洗澡、不用再上脏兮兮的公共厕所。但还是能听见自己家和别人家的开门以及楼下小孩子玩耍的声音，后来我觉得这样反而很有人气。房间大小还是一转身就没有了空间，而房租比以前多了一倍，变成了 850 元每个月，接踵而来的是取暖费、电费、物业费。有时怔怔地待在房间里发呆。虽然房租贵了些，但不用再听隔壁男女每天无休止为了柴米油盐争吵，不用再每天排着队出去洗脸和刷牙，不用为了再避开对门男邻居偶尔的没话找话的聊天，更不用再拿着毛巾和洗浴用品去表姐家洗澡了，还是觉得很开心。虽然很穷，但还是要开始布置小屋。虽然很困难，但是我看到了小屋明天美好的样子！

北京，我来了！我真的要开始一个人面对这个世界了，虽然有些不安和迷茫，但是更多的是欣喜，一种对美好明天的向往。

# 最难熬的北漂时光会变成<br>一颗颗发亮的珠子

2012 年在网上看到一段视频，很是触动，直到今天再次回看，仍会泪眼模糊。“我们必须找到除了爱情之外，能够让我们用双脚坚强站立的东西。”开始北漂后，我最直观的一个变化就是东西的增加。刚来北京的时候就一个坏了轱辘的皮箱，后来是满满一小面包车的家当，这就是特别直观的变化。

有一年整个冬天住的小屋没有暖气，我在没有暖气的房间里度过了一个个特别冷的日子。记得有一瓶化妆品是油状的，我每次要用它的时候都要放在电暖风前面烘烤 10 分钟左右。当时身边有个同事说特别佩服我，能在这种状态下生存。不过我并没有嫌弃当时的小屋，仍旧很喜欢在这个很冷很冷的空间，最难的时候它陪我度过，那么最冷的时候我也要陪它度过。同年五月姥姥去世，我在北京一个人狠狠哭了一上午。这时，我失业了，找不到合适的工作，时而垂头丧气，时而也给自己打气要坚强、要努力、要鸡血，因为我没有退路，绝对不能接受平庸和一成不变。最惨的是那时我居然连回家的车费都没有，又不想让妈妈看到我这个状态，不想让她担心。不想被她看到的另一个原因是，一旦我说了自己的惨状，她肯定让我赶快打道回府。我十分不想回去，被召回的感觉像是被抽掉灵魂，所有美好的愿望都将被喊停。所以我只有一遍一遍地上演我在这边过得很好的戏分。生活还在继续，我也必须要走出去，找到让我双脚站立起来的东西，让妈妈越来越不担心我。



有一次做了一份兼职客服的工作，和一个大眼睛长得像杨幂的女孩去马甸郊区看房。我和她说我什么苦都能吃，350 元的房子我应该是可以接受的。可是，我们刚出地铁就傻眼了。我们要穿过一片漆黑冰冷荒无人烟的草丛树林，一条几乎无人的宽阔街道，终于走到了七拐八拐的平房，然后看到了一个脏兮兮的小单间。她和她男朋友已经搬过来了，在隔壁的屋子。其实可以买一辆自行车从无人的马路骑到地铁，但是稍微有点远。那次，我彻底傻眼了：这个房间我住不了！听一个朋友说她的一个朋友最开始在北京住的是晚上睡觉能看见星星的屋子，但是起码人家还能看见星星，比我遇到这个屋子要浪漫。要是能选择，我可能会选择看星星的房子，只是没遇见罢了。后来出于安全考虑，我接受了妈妈的资助，找到了传媒大学一个居委会二层小楼里的一间小屋，一个原来是台球厅被隔成的一个个独立的房间，起码它有窗户，中午会有很多阳光洒进来。

还有一段时间更惨，裸辞，被迫换房，死冷死冷的冬天……我去看了很多传说中的集体宿舍，一个床位就500元到600元不等，看了几个位于市中心的集体宿舍后，终于崩溃了，心理防线彻底被打破，一进屋全是床，还有人和各种东西……“我要住那里吗？”第一次质问自己：“在北京生存下去真的那么难吗？为什么我要来北京遭这种罪？为什么要裸辞？为什么为什么……”有意思的是今天再回想起来，竟然云淡风轻像在说别人的故事。记得那时抱怨完也会自己和自己对话：你赶快麻利儿地先随便找个住处缓一下，然后过半年或者几个月我再把你安顿好。要赶快去修改简历，说不定能找到一份好工作开始一段新的职业篇章呢？哭哭啼啼有啥用呢？哭完后脸上会缺失水分还得买面膜，得不偿失，你还是赶紧该干吗干吗去吧！

偶尔，我一生病就爱伤春悲秋，觉得自己可能是这个城市的一只可怜虫。有一年"十一"又生病了，如此良辰美景的假期我却要去买一堆药，末了不忘再出去一趟把自己喂饱买些水果，结果撞上一幅一辆自行车女孩搂着男孩幸福的电影画面，凄凄惨惨的戏码再次升温。想想自己一个人北漂，开始独自面对大大小小、林林总总的事情，想到自己连生病都要一个人去买药，就觉得好凄惨啊！还有一段时间牙痛很久，搅得我终日不得安宁，经常半夜开始折腾，蹲下起来转圈拍墙，出去买药药店关门回来找药没有。但现在回忆起来，也会提醒自己：大姐，你就不能好好照顾自己的牙齿吗？吃完甜食能立刻刷牙吗？你半年去检查一下牙齿能死啊？还要把自己蠢醒几次呢？

现在想想，北漂的一些时光中最难熬的部分竟然要想好久。对我来说，最难的不是上场后被淘汰，而是更多时候连上场的机会都没有。租房生病这些事情都能熬过，觉得更惨的是：有两年的时间里没有方向，唯一的目标就是找一份靠谱的工作，当时对机会两个字特别看重。记得当时攒了点钱去参加一个人力资源的培训课程。我很珍惜那次学习机会，有一次为了上课排除了其他的障碍，选择去上了一个老师的课程。我发短信和当时的老师说了这件事情，她被我感动到，上课的时候特意给我发言的机会。后来听说她自己做了一个公司，给企业做咨询，需要一个做 PPT 的助手。我不由分说地去争取这个机会，只因为当时我已经 3 个月没工作了。熬了几个通宵做了一个 PPT，我也尽力了。我承认自己的 PPT 水平真不咋地，但还是把 PPT 交了出去。后来当然没有争取到那个机会，完全在意料之中。

这些坎坷都可以忍受，起码我已经在开始的路上了，起码我已经在北京了。最无奈的事情发生了，有一天妈妈突然来北京了。她说她把积蓄都花了，给我在长春某个机场安排了一个小工作。我的世界瞬间轰然间塌了，之前建立了那么久的努力瞬间被冲垮。在钱面前我无能为力，生气也没用了。她是为了我，并且把家里剩下的钱都花了，只为了一份她眼里靠谱的工作机会。我还能怎么办呢？连上场的观众席位都没有了。所有面临的迷茫啊无助啊、社会压力等问题都不是我最担心的，我最担心的两大隐患就是：我的健康和妈妈需要我回家照顾。健康暂时不用担心，我的身体一直都没什么大病，但是在家人和理想面前有时候需要做出选择的时候，还是要选择家人。那次我和妈妈一同来到长春。那时我 23 岁，是那一拨妹子中最老的，于是面试的时候我顺便把岁数偏大的事情又重点多说了一岁，并且和面试官表达了我根本不想在这儿工作是被逼来的。最后，我赢了，工作没谈成，钱也给退回来了，把妈妈好说歹说送走我又开始了北漂的生活。真是太棒了，终于又恢复自由了！那种感觉像是电影《肖申克的救赎》里的男主角，爬啊爬，终于越狱获得了重生的机会。

2011 年到 2015 年，我一个人给自己过了 4 个生日。这期间我写的字没人看到，但是我始终相信一切都是有原因的。有一种精神叫作愚公移山和自娱自乐。这个世界没有被埋没的人才，只有坚持不下来的梦想。一定是我写得不够好，既然写得不好，那就一直写。期间有时候一个月写过 4 万字，但是至少确定了这是喜欢做的事情，否则凭自己这点毅力根本坚持不下来。你看，所有当时觉得难的事情都会随着时间飘过，变成现在想想就会很欣慰，只因为感谢当时尽了力的自己、不轻易放弃的自己。或许有一段时间内你也很孤独，但孤独让我们学会了自己和自己对话，自己开始解决困难，直到有一天你发现，你开始变得强大甚至可以保护别人。

一定有一份适合你的工作在为你准备好，一定有一个你想一直坚持下去的梦想等着你去实现和坚持，一定有一个心目中的自己等着你去遇见。最难熬的时光会变成一颗颗发亮的珠子，只要你肯把它们耐心地穿起来，就是一条比钻石都美丽的项链，而打磨项链的人正是你自己！

# 每年年初

北京人很多，还有雾霾，但是我还是一样爱这座城市，这座城市的上空激荡着很多人的梦想。
疯狂动物城
我在这座城市一直努力奔跑着，努力实现和坚守自己大大小小的梦想。
第1年
第2年
第3年
第4年
第5年
不知不觉
一个人北漂已经第五年了！
出一本书是我实现的第35个梦想！
我相信曾经努力过的每一滴汗水都不会白费。
不妨把想要的世界画出来，清晰落地更容易到达。
自己走出的每一步都值得庆幸！
虽然偶尔还是会碰见不开心的事情，但我发现随着年龄的增长每次恢复的时间越来越短。
清醒的时间远比想象中的更少，不如尽量都花在改变上更有意义！
不如试着点燃自己，去追求自己想要的生活吧。
我相信，终有一天，
我们会遇见心目中的自己！

## 2013年

今天的北京格外冷，窗户上结了难得一见的冰花。这是我独自一个人在北京过的第二个冬天。这么冷的夜晚我蜷缩在被子里写着2013年的计划，眼睛里充满了对明年的期盼。

我相信每个人年初的时候都会给自己订立或多或少的计划目标，每个人都希望在新的一年里有所改变，有所突破。我也如此，去年年初也给自己定了很多目标，大部分都没完成，这中间也陆陆续续发生了很多事情，总的来说就是没有完成。我貌似太把写计划当成任务了，计划一写完就丢在一边，然后该干吗就干吗去了。结果，时间呼啸而过，没有半点等我的意思。经过一年的蛰伏，我逐渐成熟，终于明白，计划的定制要合乎实际，要具体可执行，而最最重要的是执行和坚持。订立了目标后可以把计划发给朋友监督、可以贴在墙上随时查看，完成一件打个钩钩，这样钩钩越多心里就越有底。

新的一年我对自己的期望便是两个字：认真！认真地工作，认真地生活，认真地听别人讲话，认真地对待每一件细小的事情。当然最希望的是能谈一场恋爱，我相信只要脚步不停，就一定会遇见那个对的他。

## 24岁的自问自答

看了刘同的《谁的青春不迷茫》后，突然想像他书中章节一样写一个24岁的自问自答。或许30岁的我再次看到这篇文章的时候会有新的感触，但不管怎样，这都是我当下最真实的想法。

**24 岁时你最大的梦想是什么？**

其实我的梦想挺俗的。但是，每个人心底或多或少都有一些自己专属的梦想，不是吗？现在我的梦想就是在过年之前，也就是 2 月 9 日之前，做猎头的工作。我可以成功猎到一位采购工程师，然后顺利转正，从此开始猎头的职业生涯。生活上我的梦想是希望能够成功减肥到 90 斤，脸上的痘痘越来越少，最好没有。2013 年这一年里能够认真地谈回恋爱，可以向一个人付出。貌似我挺贪心的，有这么多的梦想。可我就是一个爱做梦的人，我认为爱做梦没什么不好的，有想法才有实际行动，有实际行动才有梦想实现的可能。

**24 岁时你的状态是什么样子？**

这一年 8 月份辞职，然后不断地找工作中，最后在一家初创的猎头公司驻足。真的想稳定下来了，想踏踏实实地工作，存一些钱。不知道为什么，或许随着 25 岁的临近，卡上存款越多心里才越有安全感。

12 月连续搬了 3 次家，我封自己为搬家达人，但是连续的搬家后我无比喜欢现在住的地方。独立的房间，取暖费免费、网费免费、洗衣机免费、洗澡也免费；房间阳光充足，有大窗户，屋子里还有一个柜子和梳妆台可以用。现在睡的床是双人床，我无比喜欢。最最重要的是还认识了隔壁的编辑美女，有人等待回家的日子真好。这么分析来看，这次折腾是值得的。工作上我终于有一份怎么忙也忙不完的工作了，职业是猎头，就是在不停地找人不停地认识人中收获成长。我很喜欢这份工作，有压力有挑战有钱赚的提成诱惑。老板也很好，说是老板，更像是一位老师，听见我说的一句英语不标准马上从座位上起来过来教我。总的来说，对现在的状态是满意的。

**你是否觉得生活越来越充满压力，你通常是如何面对压力的？**

是的，现在的压力来自工作的压力。其实我面对压力的方式以逃避转移的方法居多，这点我也曾深刻反省。逃避代表一个人很孬，现在我在尝试拥抱压力，正面积极面对压力。再给我一点时间让我变得成熟，我不怕风雨的敲打。

**爱情、事业、友情、娱乐，你如何排序？**

事业、亲情、友情、爱情、娱乐。

**如果用一种动物来形容自己，你觉得什么比较合适？为什么？**

刺猬。浑身都是刺，不让别人完全靠近却又想和别人走近。不会轻易相信别人，有时候感性起来像傻子一样单纯，冲动地做一些自己都疑惑的事情。

**如果时光可以倒流，你还会给自己规划另外一种人生吗？是什么样的人生？**

如果时光可以倒转，我希望回到高三，虽然同样迷茫，但是能回家之后吃到爸爸做的炒饭这是最幸福的事情了。遗憾就是你越想越痛，越想越后悔，越想就越想回到过去。

### 2014 年

**26 岁时你最大的梦想是什么？**

今年我最大的梦想是瘦下来（惭愧了，竟不是事业）。一年过去了，我的体重保持在 105 斤（年初 114 斤），从数字上看算是比较成功了。但是现在的我终于明白数字并不代表健康和美丽，有元气健康的妹子才是最好看的。减肥，只要在吃对的食物上坚持就好了，而我坚持已经能做到了，剩下的等待时光静好，慢慢把自己变好吧。

**26 岁时你的状态是什么样子？**

终于找到自己的事业目标：猎头。无论它带给我多少着急、烦恼、开心、失落、压力，我都会不离不弃地坚持。我不做过长的职业规划，但是 3 年内要做什么事情是清楚的。状态是很忙很忙，周末忙着上培训课、参加猎头活动，晚上回家跪在椅子上写字、看书……

**你觉得 26 岁时一个人必须要尝试的一件事是什么？**

一个人旅行。我做到了，一个人去西塘一周。很多人旅行喜欢跟团，而我喜欢自己慢慢闲逛。工作节奏已经很快了，偶尔慢下来也是必要的。

**你对自己目前的状态满意吗？**

挺满意的，住到了自己喜欢的房间，每天给自己做健康的食物，周末偶尔参加一些有价值的培训，也给自己列出了很多梦想目标，并不是急哄哄地去一个一个完成。因为梦想清单可以有很多很多愿望，总是做不完的，所以在慢慢地一条一条完成，这个没有标准，如果把自己逼得太紧张会疯掉。减肥上逐渐了解很多养生和食物的知识，不再冒进地虐待自己的身体，开始关注健康饮食。反正感觉生活在往好的方向发展，感谢努力的自己和费心思照顾身体的自己。

**你是否觉得生活越来越充满压力？你如何面对压力？**

压力是有的，谁都会有压力。但是我是那种如果没有压力会更慌张的人，必须自己去找一些压力。面对压力我经常会看书、写字、看电影、给自己做饭、整理房间，如果房间变得很干净，又在好好对自己的身体付出，就觉得一切压力都会过去的。

**今年取得的最大成就是什么？**

今年最大的成就是列出自己的 101 个梦想，开始用心思考如何对待不断流逝的时间。

**今年最让你开心的那件事是什么？**

我终于可以早起了，凌晨 4 点能很痛快地起来。经过了一阵子煎熬的早起练习，终于变成一种习惯，这让我觉得自己可以逐渐掌控自己的工作和生活。2015 年的作息时间是 11：00—4：00。每次遇到困难的时候我开始想着要牺牲自己的睡眠，现在不会了，11 点提醒自己要睡觉了，不然这样下去身体会垮掉的。

**今年做过最疯狂的事情是什么？**

搬家，搬到了离公司很近的地方，房租也涨到了 1400 元，但节省了很多时间。时间可是无法衡量的财富。

同时开了微信订阅号，分享了自己所有的文字，成了透明人。不过本身就不是大人物，如果我的有些文字能够给别人带来帮助，那也未尝不是一件好事。

**今年做过哪些蠢爆了的事情？**

手机放在口袋里听音乐，然后就发现只剩线了。什么叫“顺藤摸瓜”，大概就是这个意思。蠢得不想说话了。

**最让你感动的事情是什么？**

有个朋友在微信上给我发了一段长长的文字，说被我感动到了，然后发现自己还是干了点有价值的事情。在无数个深夜点灯熬油在电脑前啪啪啪敲字的日子，也很为自己感动啊！

**2015 年**

你现在过的生活是之前的选择，现在的选择也将会影响之后的生活，所以生活有时候是一种选择。最近喜欢听《听你说》这首歌，里边几句歌词很触动我："我做的梦我坚持做到最后，就算我爬到云端也继续做梦……""要日出日落，因为有梦，所以更认真生活……"那天在微博看到这句话：对坚持最大的鼓励，不是"你可以"，而是多年后说一句"还好你没放弃"。

如果让我保留身上的优点，只能留一个，我想会毫不犹豫地留下"坚持"。因为天资不够聪明，很多事情别人做一遍学一遍，而我可能要琢磨很久，以前会怕别人嘲笑，所以不敢回应：我看了好几遍才看懂！我没有听明白！如果你问我今年最大的变化是什么，我想除了坚持能做一件事情之外就是敢说自己没听懂，敢于面对自己不懂的勇气。

回顾 2011 年到 2014 年的计划和总结，最大的感触是，如果不行动不去改变它们，只是躺在纸上的一堆字而已，和其他的字没有什么不同。以前会和闺蜜一起交换新年计划，每年年初都会很激动，兴奋于这些计划都会实现。后来变成了孤军奋战地前行，而那些能兑现自己承诺的人、认真生活的人却接踵而至地走进我的生活。

2014 年终于兑现自己的要写字读书的承诺，14 万字、105 篇原创文章是我送给自己最棒的礼物。尽管我写得不够好，尽管我没有时间写，但是都不影响我一直在坚持！就是有一种永不妥协的精神，认定的事情就是要坚持到最后。这 14 万字的时间真的是从牙缝里挤出来。如果从事猎头行业的伙伴可能深有体会，现在市场竞争日趋激烈，除了生拼之外，要快速提高自己的专业度，树立自己的品牌。有些时候真的只差几秒钟，优质的人选就被别人抢走了。时间对于我们猎头人来说，是相当宝贵的。

每个人每天都是同样的时间，特别公平。无论你现在处于什么阶段，如果身体和健康都有时间就有改变的机会，时间会让我们成为更好的人。很多事情，看你想不想去做，只要你想，任何力量都是阻挡不了你前进的脚步。那种对于想做完事情的渴望程度往往决定了这件事情的完成度。我的字一般是早晨和周末完成的。每天早上 4：00 起床，之前因为家离公司太远，想早点到公司，所以每天一般会避开早高峰第一个到公司开始一天的工作。

2014 年就要过去了，所有开心的都将成为美好的回忆，所有难过的也将成为最特别的记忆，那些你哭过的、笑过的、兴奋的、难过的、迷茫的日子都成为了记忆中脑海中的一部分。我相信没有什么是过不去的，而随着时间的沉淀，我们也将会变得越来越好！

2015 年就要临近了，我和一小部分人一样的是，新的一年是以 1 月份开始的，等到过完年再回来感觉一年已经过去一小半了，所以在 10 月份的时候计划已经写出来了，11 月开始审视，12 月份就开始进行微调整。经过反复的思考，最终认真写完了 2015 年对自己来说很落地的计划。它不再是海市蜃楼，而是只要坚持就可以看见光的道路。

每次遇到不顺心的事情，我都会拿今天和过去的某些灰头土脸的日子做对比，然后安慰自己：你看，现在不是比刚来的那会儿强多了。你有了自己要努力的方向，你只要坚持就好了，一切都会好起来的！这样的安慰会让自己马上从沮丧的情绪中跳出来，好像真的没什么，就算是遇到点困难也会比之前多了更多智慧去解决。这便是岁月带给我们的，智慧也只会增加，不会变少。

2015 年，时间账户里又多了 365 天；2015 年，又是一个全新的版本；2015 年，是我们所有人全新的一年。我们可以选择原地踏步，也可以选择不断前进；我们可以选择让自己静止，也可以选择让自己升级！不管是哪种选择，都要试着接受，选择进步就不要抱怨辛苦，选择了在原地踏步就不要嫉妒别人的成就，唯有这样才能过得幸福。因为 2015 年也是一个选择，人生也是一个选择！让我们过一个不想和任何人交换的幸福的 2015 年吧！

**27 岁之前想明白的道理**

你活在这个世界上，总是要面对孤独的。你爱的每一个人都有可能某一天会随时离开你。无论他们是不是特意离开，分别的时候都要心怀感恩，感恩他们曾经的出现。

爱自己不是嘴上随便说说，要真的付出实际行动！

女人，还是要工作的，要尽力活得漂亮。不要怕成为女强人，要怕优秀了之后很多人追你苦恼该怎么选！

你努力的每一个点滴都不会白白浪费，在未来的某一天一定会大放异彩！

时间很快，所以要珍惜每一天美好的时光，不辜负天赐的每一天，快乐地活着。

你可以没有男朋友，但是不能没有工作，不能没有目标。

如果你不能找到一个点亮你的人，起码不能找一个浇灭你梦想的人。

努力了也没有成功，这是一件很正常的事情。不是所有的努力都一定能成功，况且成功是个自命题。

20几岁是一辈子中最好的时光了，拿来玩、拿来学习、拿来丰富经历都好过抱怨自责自暴自弃。

爱不将就，虽然没那么绝对，但也不能因为怕顶着剩女剩男的帽子随便把自己嫁了。不爱的两个人估计连七年之痒都熬不过，还得离婚还得重新出发！他不是你对的人，你和他一起勉强过日子就是霸占了别人对的人。人在做、天在看，会有报应的！

还是要有点理想的，万一实现了呢？明年不知道要做什么，今年起码要想想吧，不然你会惊叹时间如白驹过隙，昨天过完年，明天就“十一”了。

失败是件很正常的事情，不管败得有多惨，依然要敢于再一次起航、再一次做梦！

没有人有资格嘲笑你，鄙视你的人要么是嫉妒，要么是自己做不到，要么是不敢做。他们没吃过你的苦，没经历过你的经历，所以就算是失败，你都比嘲笑你的人进步一大步！

童心不能丢，童话也还是要相信一些。总之，总是要相信点什么，活得太明白一点意思都没有。

你不努力，有一天世界都懒得理你。

如果不折腾，和等死没什么区别。灿烂地活一天，也比窝囊地活一阵子要有意义。

**27 岁写给 30 岁的自己**

从 23 岁起就一个人过生日，由于你的努力，慢慢把一个人的僵局打破了，你开始遇见很多和你一样努力去追求自己想要生活的朋友。以为你会大哭一场，因为又朝着大龄女青年迈进了一步。但是这次低估你了，没想到你居然这么平静，为了以后的生日都有个期待，这次就点灯熬油写点东西给你——

嗨，你今天 30 岁了！我想问的第一句话是，头发烫成大波浪了吗？现在应该很长了吧，我知道你不舍得剪掉，所以现在有改变吗？记得最让你心动的发型是长直发，黑黑顺顺的，随便一甩就像某个洗发水广告。喜欢穿得干干净净的，不会在意是哪个有名的品牌，只在意是否合适。我希望 30 岁的你还是以前自己心目中的样子，不要变化太大，那会让我认不出来。

30 岁的你养成很好的生活习惯了吗？我相信通过 3 年的努力和自律，那时的你依旧眼神干净、脸色泛红、笑容纯净、身体轻盈。虽然你早就认清了不管怎么努力还是赢不过时间这把杀猪刀，但是敷衍付出和尽心付出结果肯定是不一样的。这么做不是为了和别人比，而是你真的爱自己，同时感谢身体能在短暂的人生里陪着灵魂感受这一切的经历。所以请你为了 10 年后的样貌管住自己的口欲，吃身体需要的而不是脑袋需要的。

30 岁了，你还在做猎头吗？还记得刚入行第一个月吗？我记得你情绪高涨，为了一个职位可以熬到半夜两点去翻一份简历，早晨 5 点就起来看书充电。我希望你记得初遇时的怦然心动，永远怀着一种谦虚、空杯、认真的心态去对待每一天。

对自己不要要求太高，我不需要你短短几年就成为行业内的大牛、佼佼者。你只要永远保持这份热忱、今天比昨天进步一点点就可以了。你要相信自己踩对行了，你非常适合做猎头，只要坚持下去一定会越来越好的。你要相信自己的预感，10 年时间都在一个行业沉淀，而这个沉淀会让你成长为一名专业资深的猎头。这是你好不容易找到的事业灯塔，千万别放弃，压力再大也要挺下去。

真的 30 岁了，现在的你减肥成功了吗？一定是成功了。因为我记得你看到自己的肥肉是一种很绝望的感觉，每次忍受不了的时候都会激发你的斗志，做出自己都意想不到的事情。我猜这几年的健身计划一定是坚持下来了。但是，无论你成功与否，我都不会嫌弃你。因为 30 岁不是判死刑的年纪，你还有很多时间去改变。有的时候过程更重要，因为结果是短暂的，陪伴你的更多时间是过程。不过，我更多地相信你现在已经遇见了理想的身材，买衣服是你挑衣服而不是衣服挑你，服装的风格搭配你也越来越得心应手。你的柜子里虽然没有多少名牌，但是那些衣服加起来就是很适合你。如果你现在赚钱已经不费劲了，我劝你不要铺张浪费，钱都花在点子上，想想以前的苦日子吧！



30 岁了，还是一个人吗？不会吧，我相信努力的你遇见了自己的另一半。如果遇见喜欢的人，一定要鼓起勇气表白。如果现在你还单身，我想对你说：爱情是值得等待和付出的。如果这 3 年有人让你受伤，不要变得胆小，敢爱敢笑敢梦想才是活着。不要弄丢自己的灵魂，如果你弄丢了，我会瞧不起你的！

如果你能活到 60 岁，现在已经活了一半了，所以更没有什么害怕的了，也不用纠结人活着是为了什么这么深刻的问题。我只希望你快快乐乐，认真、努力地过好今天就可以了。不要觉得自己开始老了，人生的每一天都是新的，努力活在当下即可！

# 你的选择决定了你的生活

姗姗在微信上说要离开北京，她不知道该如何捍卫自己的生活。看了微信，我心里空空的。2011 年我们认识，刚开始找不到工作，我们一起去做群众演员，被人像白菜一样挑走还觉得很开心，因为说不定电视上可以有一两个镜头了。在片场我们就在主演面前走来走去，也不知道细心的观众有没有发现这路人咋都差不多呢。她的梦想是去唱歌，她要去《星光大道》，我听了之后觉得太不靠谱了，但也是暗暗佩服她敢于实现自己的梦想的勇气。3 年多过去了，姗姗和我说这回准备年底报名，我说：“我挺佩服你的，这么长时间还能坚守你的梦想!”她说：一直在学习，白己一直在进步。何况我们还依然年轻，还有机会，只是不如 90 后那么多机会。后来得知她只是暂时离开北京一段时间，家里有事情需要处理，我才松了一口气。听表姐说，以前为了练声她会一边拎水桶一边唱歌。这几年也听说她在学声乐知识，报名舞蹈班，一直很努力地奔向自己的梦想。

我们都一样很爱北京，即使它有雾霾，即使每天上班很拥挤、人很多，但这都不影响我们快乐自由地生活在这座城市里。不是一定要去向别人证明我过得有多么好，而是一步步去靠近内心最想去的地方，好好做自己这个角色。作为一个女孩儿，不老老实实在家找个老实的人嫁了而是一个人跑到北京瞎闯瞎闹，在父母的眼里多少会不认可。可是我的骨子里天生就有一种不妥协的精神，凡事都会有自己的想法。如果让我回家放弃北京的一切，这和拖我出去用枪毙了我一样。回去不是认输，而是不能做自己，又会回到衣来伸手饭来张口的生活。在哪里都得工作，都要去实现自己的价值，逃回家里就一切都解决了吗？如果说工作是一样的，为什么不在发展速度提升速度比较快的地方度过呢？很多人出发之前都会把自己给限制住，身边曾有朋友也想来北京，还没来就开始担心：以后生孩子怎么办……还没开始工作就开始担心未来孩子的事情了。我们总是这样自己给自己设限很多，为不做出行动找很多借口。

记得初中的时候我写的短篇小说在班级小范围里很受欢迎，班主任发现后公开批评了我一顿。第一次觉得有些特长竟会让人颜面扫地，我开始停止看书和写字。如果那时我 14 岁开始坚持写字读书，现在的我应该是一名很有名气的作家了吧？初中我念的是普通中学，但是仍有人后来考上了香港大学远赴香港。18 岁那年，我们的轨道正式开始渐行渐远。后来高中上的是普通高中，但是仍有人考上北大。后来我勉强上了一个大专，宿舍里一群人围着通宵看韩剧的时候，隔壁仍有人默默去图书馆学习，准备各种考试考证。无论你处在多么差的环境都不要自暴自弃，可以发现，仍有人不顺从，在坚持努力着。曾记得初中一节课堂上，一位女孩子大声地说自己长大后的愿望是考上北大成为一名出色的外交官。而我当时的内心独白竟是：北大是干吗的？就是这样，从内心开始有无目标的人之间开始产生差距。这些年我不是没有反抗过，只是没有那么坚决和彻底。高考结束后，我一心想的不是成绩如何，而是回去继续读我的《红楼梦》。妈妈让我去复习，我害怕再次失败，于是再次偏离了我最喜欢的汉语言文学专业，阴差阳错去了一所警校。我根本就不喜欢这个专业，于是混日子一样过了三年。

后来我纠结去北京还是大连，听了很多种声音后我还是要来北京。尽管这里有雾霾、拥挤、房租贵、竞争激烈等，我只要一想到来北京就会很兴奋。来到北京后，证实了空气中那种味道和自己是那么的合拍。在家乡的小城市你说梦想会让人觉得你是傻子，但在北京无论你做多大多华丽的梦都有人拍案称赞。我要去北京，一定要去！



24 岁时，我决定要办个护照，因为有预感过两年会出国游。这个想法让我一想到就情绪激动，恨不得马上收拾行李马上出发。然后就听见周围有各种各样的声音：“啊，出国多危险！”“这么小的年纪出国，还远吧！”于是 25 岁时，公司决定集体组团出国游 10 天，大家开始各种慌乱，请假回去办护照等等。我稳如泰山，因为护照早都准备好了。我坚信我会出国旅行的，早晚的事情，而且以后这样的机会会越来越多。

25 岁，我和朋友说我要写字，我想出一本自己的书。出书，得到的不是全部的支持和鼓励，周围又出现了各种各样的声音："你太小了，为什么不等阅历丰富了再写呢？""啊，你能坚持吗？现在年轻人真是异想天开……"这次，我觉得是我不自信，想得到朋友们的鼓励。往后我决定的事情不和太多朋友商量，坚持就是最好的选择。

26 岁，我决定换一家公司，当时感觉太安逸的环境不适合我，我需要靠外力来逼自己一把，周围还是出现了一些声音："你跳槽过去后得天天加班！""那家公司那种不好的名声，你也去?!"这次我还是选择倾听自己的声音。过去后果然是天天加班，发条上了后从没摘下来过。但是半年过去，我感觉越来越走在正路上，人也越来越自信。我知道这一次还是选对了。

我的北漂应该算是偷来的，因为当时顶着家里母亲的反对和担心，战战兢兢、焦虑迷茫的时候有很多，但更多的时候都在思考怎么去改变目前这一切。我相信只要不停止思考、不停止改变、不停止行动，就还有希望。你总是要付出一些行动，只有证明自己强大了很多，不再是以前渺小的自己，父母才会相信你的选择是对的。因为他们的爱是全心全意的，只希望你过得很好，也怕你在外边有什么困难而他们帮不上忙。就算是偷来的北漂我也依然很感激过去的时间，在迷茫和探索的路上也发现自己在努力成长。

有一次和两位大学同学约好一起吃饭，其中一位 A 同学的身材简直颠覆了我对他的记忆印象，才短短五年，一个曾经帅气的小伙子变成了现在这样，像是被充了气一样整个人变得臃肿了很多。也能猜到他在政府机关工作，免不了要参加一些聚会，免不了要去向领导敬酒，也免不了喝完了酒之后要吃点东西，胖是一件不可避免的事情。五年间发生了很多不一样的故事，很多同学都在做公务员、考公务员、司法考试上奋斗努力着，很少有人走另外一条路。我就是那个奇葩了。从出发那天起我就知道我根本考不过也不愿意考，一看到满满的法律试卷就会心里发毛，根本就不是应试型选手就不要蹉跎岁月和打酱油了。如果当初有足够的勇气，我应该会读个什么汉语言文学，在一所充满人文气息的大学里读完理想中完整的四年。一开始就不是对的选择，以后的生活也不会是对的，但是，你要为自己曾经的选择埋单！现在，曾经的同学们依旧在努力考司法考试，他们的生活应该是他们曾设想的样子，那是他们的选择。而我的生活充满了职场的紧张气息，整日忙着加班之类的。

什么时候上大学，上什么样的大学？什么时候出国留学？什么时候开始工作？什么时候结婚？什么时候生小孩？……

人生就是很多选择的组合，一个选择影响了接下来的生活，一个一个选择构成了我们的一辈子。我觉得我永远 23 岁，因为从 23 岁以后我的所有选择都是我自己决定的。我的每一年都是在努力，都是尽了当时的力，所以今天无论走到哪里有什么样的结果我都不后悔，因为这是我自己的选择。

事到如今，别人的声音已经成为了我判断选择的佐料之一。我开始坚持走自己的路，好好倾听自己的内心，自己的选择自己负责。当下的你在做什么、明天准备做什么，都是自己的选择。无论周围围绕了多少张三李四王阿姨的声音，最后都要自己做决定。切莫回头指责别人出馊主意，不要怪别人，那都是我们自己的选择。只有认真对待经历的每一个选择，才能活出一个不后悔的一辈子。

# 只要态度是积极的，什么困难都能挺过

刚来北京第一个月，特别幸运地找到了一份美发杂志社编辑的工作。因为觉得自己文字方面有些特长，也觉得未来可能会从事与文字相关的工作。初遇北京的我，看什么都还是新奇的。23 岁，觉得自己还是有大把的时间和机会。后来的事情大家都知道了，不到 3 个月就被无情辞退。那时候刚进杂志社第一个月，我便开始规划自己的未来，决定在这做两年打基础，然后再跳到一个中型规模的杂志社，最后跳到像《瑞丽》、《芭莎》这样的大杂志社平台，自己还在盘算着 30 岁之前应该差不多。于是上网买编辑的书籍，下班回家来回翻看杂志社之前的杂志。当时所在的杂志社出的美发杂志是给美发店看的，所以编辑面对的也都是美发师、美发店。有时候会到那些贵死了的美发店里拍摄，当时一共有三个小编辑都跟班去帮忙。也会有年度的时尚发型秀的活动。

当时，我负责杂志后边软文的编辑，就是每月去各个美发店要来他们的广告，各种瓶子和广告词，把他们自己的宣传稿我拿来再重新编辑一遍。还有就是撰写文章前边的导语，要写一段勾起大家阅读欲望的文字。我觉得工作特别简单，没什么技术含量。其他两位编辑每日都很悠闲，也和我差不多，他们会翻看时尚网等相关网站。在上班的时候，我认为自己的工作也是要去翻翻那些时尚网站，反正工作特别简单，看看别人怎么写的我也要吸收吸收。于是，在最需要生存扎根的前两个月，我很悠闲。另外两个小编辑人家不努力，是因为人家是科班出身。我一个半路出家的人不踏实在文字的精雕细琢上，而是飘浮在这个看似时尚却也需要一定功底的职业。试用期没到，我被 HR 叫到了办公室。人生第一次被辞退，试用期没有过，我该怎么办呢？连 1800 元每个月的工作都保不住，该怎么负担得起 850 元的房租呢？那天，我伤心欲绝地走出办公室，忽然终于忍不住蹲在地上开始哭。没有朋友没有同学没有能力，唯有匆匆的几年青春，越想越伤心，边哭还边想能不能有个人过来问问我在哭啥呀？有没有人安慰我啊？5 分钟过去了，我决定从阴霾中走出来。就是我在这儿哭死也不会有什么改变，不如回去投简历，说不定这又是一次新的职业尝试和选择。话又说回来了，为什么会被辞呢？现在回想，是太过于浮在时尚杂志的光鲜表面，而忘记了一个编辑最主要核心的文字能力，既没经验又没让人家看到可培养的潜质。那天晚上，收到了主编的短信：“好好走你的路！”她这句话我至今都记得。当你什么都没有的时候，心更要踏实下来，好好踩实每一个脚印。

表姐来北京是一个月找到的工作，我到一个月还是无着落的时候心里慌慌的，但是一面忐忑一面很激动，每天面试完东看看西看看地溜达，那种感觉比旅行差点，但是比在老家窝着强多了。她劝我：没事，一个半月找不到合适的工作也正常，不要着急。于是我把注意力转移到该找什么样的工作上，通过什么方式会更好。曾想过要么就去拍戏，跟着剧组吃住都有了，还能每天领 40 元钱。很多人觉得如果日子过成这样，应该觉得完了，而我却很开心。因为我在想的不是剧组的饭有多难吃，而是可以遇见哪些明星，一定要带好相机充好电，还要把自己的过程记录下来，万一以后我红了，这都是我努力的历程。

24 岁，我觉得真的来不及了，我必须要进入一家大公司，这样才有机会一点一点爬上去，人间正道是沧桑。于是把脸也豁出去了，自尊也豁出去了，也不知道哪里来的魄力，决定要破釜沉舟，去报名某电视招聘节目。年轻，为了一份工作什么都豁出去了，身上不足四千元居然敢裸辞。这些都是年轻的时候敢干的事情。为了这次面试，我觉得我真的准备好了，所有可能想到的面试问题都想好了答案。我记得一位面试官问完我凭什么进入大公司，我回答 1234，说得条理清晰的时候特别像编导找的托，后来视频没在电视上播出也是因为准备太像托了。面试官的问题回答完，我也获得了很多公司抛出的橄榄枝。后来我选择的一家公司果然不是那么好进的，按照我当时的经历和背景，前后又面试了几轮，扔给了我一个其他的岗位。记得当时我特别义愤填膺，觉得这不公平，我应该立刻就上班去做 HR。HR 的事业理想破灭后，我开始了踏踏实实地找工作，又像是刚来北京一样，不厌其烦地面试一家又一家公司。

如果你正在经历孤单没有目标的日子，我想说这是一个很好的思考时间，它会帮你认清自己。身边的朋友说：“我不是像你一样一开始就找到自己的目标！”我回应：“我也不是一开始就找到自己的目标的，我头破血流地撞了5年！”每次遇到点自己觉得是困难的困难，都会想起曾经那段没什么朋友的孤单生活，然后劝自己：你看，那时你身边都没什么朋友，你不也是哭了笑了都自己埋单，现在还有什么不能过去的呢！孤单，并不可怕，一个人也并不可怕，可怕的是停止前行。真的活在自己安逸的世界，你哪怕再往前走一步都会好很多。

我们从很多书上看到了很多励志的话，有些句子能瞬间带给你力量，像是充电器一样把我充满了电。有时候听到一些动感的音乐也觉得心情愉悦。可有的时候人生需要点激情，不可能都有音乐和书随时随地供给，我们还是要靠自己积极的心态去面对，总不能到处都背着一个音箱吧。



我用亲身经历向你讲述北漂的日子所有的好事都是发生在我状态好的时候，如果你不信就请回忆一下你过往的人生，是不是大部分好事都发生在状态好的时候？只要你态度好、肯学习、愿意多干活，就会给人留下很好的印象。有了人脉，工作一般都不会愁了。就算刚开始没有足够的能力从一个小职位做起，也总是有机会让你往上走的。如果这家公司遇到了瓶颈，你还可以换一家公司，总之办法总是有很多的。

不管怎样，我们还是要往长远了看。毕竟，现在的迷茫不代表全部的人生！

无论你现在过得怎样，请都要往前看，因为只要态度是积极的，一般什么困难都能挺过。

# 一起北漂的表姐

表姐在电话那边说可以帮我介绍一个灯具店销售的工作，月薪3000元，包吃包住。那时感觉北漂或许没那么辛苦，大学时和小伙伴发宣传单辛苦一天能赚50～100元不等，现在卖卖灯就能赚3000元，简直太棒了！于是我的身体未出发心已经飘去北京的灯具城了。2011年6月15日，特意选了阴历生日作为出发的日期，寓意就是重生、肖申克救赎、开始新的生活。晚上11点多火车到的北京，表姐进站台接我。北京下着小雨，湿湿漉漉，我们打了一辆出租车七拐八拐到了她的住处。这里是北京的方庄桥东，是我们共同生活一年多的外来人口最多寄住的地方。

我住在她家的沙发上一周多，然后迅速找了一个400元民建楼四层的小屋。她带我坐了一次地铁，我便开始每日穿行不停地面试。她说她也是来北京一个多月才找到工作的，叫我不要急，慢慢来。其实我并不急着找工作，常常面试完出去东逛西逛，东瞅西瞅。这座城市太大了，感觉怎么研究都研究不过来。这和我生活了四年的海南完全不同，从气候到节奏，从人文到街道，我就像个村姑一样看见什么都好奇。四年前看见海，和闺蜜边蹦边喊，这一年看了地铁依旧很新奇。我习惯了每天下班去表姐家报到，告诉她我今天遇见了什么什么事情。她会蹲在床上帮我查明天面试的地址，左叮咛右嘱咐。如果没有表姐在北京，我是没有勇气一个人开始北漂的，骨子里其实很尿。

我汇报的事情一直到现在依旧是鸡毛蒜皮，杂七杂八。例如：

我今天面试了×××公司！

我还没找到工作呢！

我裸辞了！

今天有个男孩特意在楼下等我上班，好吓人哪！

为什么我工作那么累？为什么我没有周末？

你是不是又把我的事告诉我妈了，她给我打钱了。你能不能嘴别那么快？

我要减肥，太胖了！

等你生了宝宝我带他去买雪糕……

我们不光是聊小事，还经常吵架。其实，虽然她比我大一岁，但是比我成熟很多。妈妈常常说你表姐去北京是因为你姐夫在北京，你去凑什么热闹？我语塞。那我也有自己的日子要过嘛，一个人也算日子呀。和表姐吵架的历史应该追溯到5岁，妈妈给她买了双新鞋，我嫉妒羡慕！小学暑假她寄宿我们家学书法，我们整日除了玩就是吵。舅舅家这么一个掌上明珠，我们家也是就这么一个宝贝疙瘩，遇到什么东西肯定要抢，谁都不习惯谦让。那年暑假她回家，走的那天我竟然偷偷哭了。这件事情一直没告诉她，怕她得意，谁能想到突然有天没人打架竟然那么不习惯。

我北漂的第一年我们一直住前后院，正确说我一直围着她家租房子，感觉她在附近比较有安全感。北漂的每一天都清清楚楚、战战兢兢，有期待憧憬和迷茫，但如果没了表姐在身边，始终是不成气候的。第二年她和姐夫因为工作地点搬去了离我很远的地方，从这以后才感觉自己开始真正独立的北漂。有一次我和表姐抱怨周末累，没时间玩，她回复我一句话至今都很受用："年轻人没有周末！"是啊，年轻人年轻的时候就去好好奋斗，要什么周末啊。她总是像个小大人一样对我指指点点，有时还挺受用的。最近她生了一个儿子，非常为她骄傲。我做了一个小小的总结：行！你来北京三年生了一个儿子，我找到了适合自己的发型，都挺有收获的！

超过5年的是闺蜜，超过10年的是家人，除了颁发一个"最佳表姐奖"，还要祝福小不点快快茁壮成长。和表姐终于减少了吵架的频率，成熟这个东西也越来越多了，我们都相信北漂的日子会越来越好。感恩生命中出现那些可爱的亲人，有了他们人生才变得饱和丰满。

**2014 年 10 月 5 日**

# 一个人北漂第五年

一转眼北漂进入第五年了，最直观的变化要数东西从一个皮箱现在变成了一个面包车的家当。回想这五年里的点滴，大部分都是活得精打细算、跳崖式危险和颠沛的动荡，有很多时候都在盘算着手里的钱应该用在哪里、应该补在哪里、应该学点什么。尽管生活过得很艰苦，但是仍然没有放弃去给自己充电。在这个快速发展的时代，拥抱变化的核心，拼的就是各自的学习力。尤其是我所在的行业，信息更新的速度非常快，所以最近两年我的大部分钱都放在了充电上。

除了想把工作做好还在支持着一些自己其他想实现的各种理想和爱好，所以我就需要比别人更珍惜更精打细算自己的时间。我有时也觉得自己挺贪心的，但是仔细看看自己的每一个或大或小的理想，有些真的是自己想要去做的，有些也最好是在年轻的时候去做。比如我喜欢跳舞，每次跟着律动的音乐舞动都觉得年轻真好，我身上的每个细胞都在跟着音乐一起律动，若是等到中年再去做这件事情不免没了精力和热血。再比如，我喜欢画画，并且我画的画身边的朋友都觉得很有创意、很有天赋。我想把自己北漂的经历都画下来，或许也能鼓励到和我一样生活正过得很苦的朋友。但是画画的颜料和时间都很贵，我就需要用我仅有的工资去支持自己的爱好，所以变成了我必须拼命地工作，让自己不断处于工作狂的状态。我要很努力很认真地工作，才能让自己一面处于行业中等竞争力水平且不被淘汰，一面还有空余时间去做其他的事情。回忆起这几年一幕一幕的画面，感觉自己都在奔跑，一直在努力奔向我想要的一切！

记得第一次面临房租生存的压力要被迫搬家，我在一条小摊街上用一块粉色的布摆上了我的部分物品，全部 5 元甩卖。因为要恢复东西少时候的自由，如果只剩一个皮箱就可以随处安家了。有一位中年女人走过来要买走一件东西，她旁边的女儿不让，她却说：“人家小姑娘搬家，帮帮人家吧！”我的心一阵温暖，好像是有人给了我一个大大的拥抱。很多时候遇到一些小烦恼和小动荡，我都来不及哭泣太长时间，因为我知道时间对于我来说太宝贵了，时间远比我们想象的要少很多，所以煽情戏苦情戏通常都省略不计。当然，也没有什么人听我诉苦，很少有人能明白我的感受。那种感觉就像是自己住在一个孤独的星球上。我的理想就像是小王子每日需要浇灌的“玫瑰”，更形象的比喻，感觉自己又重新活了一回，一件一件去把玩一些单纯、让自己开心、自己喜欢的玩具，不在乎旁人的眼光，也不在乎有人说我幼稚。我坚持在自己的星球上浇灌着我的玫瑰。

家里人妈妈不能说，不管说什么她永远是一个态度：“回来吧！你赶紧给我回来！”她身边的朋友同事们也觉得我不太孝顺，一个人跑到北京实现什么有的没的理想，把自己的老妈一个人丢在家里……碰到这样的言论，我通常是语塞的，因为我不知道要解释什么了！我一面不想回去，一面也不希望妈妈来北京和我在一起，因为我也支持不起两个人的开销。再说，让她看见我生活这么艰苦，也会拖我回去。当然，我的一些有的没的理想，她也都不怎么理解。

问问我的内心，我更想留在这里，这里有我想要追逐的所有理想。我觉得年轻的时候就应该去追求内心里那些怦然心动的理想，这样才不会变成啃老的咸鱼。我如果回家，代表着又要顺从母亲的一些安排。父母的出发点总是出于爱嘛，父母都是希望子女过着平静安宁的日子，尤其是女孩子更应该稳定一些，早早嫁人，从此一生安稳幸福。对于幸福，我也不是拒绝的态度，顶着奔三的剩女头衔还在追求自己的理想。很多时候我都被身边的朋友们所不解，很少有人明白我想做的事和我要实现的梦想。每个人或许都是一个个独立的星球，对于别人的世界我们或许通常也都是不懂的，但唯有自己最懂。那些滚烫的、令人怦然心动的，我都不打算放弃。梦想，我都要去实现，哪怕被贴上大龄剩女的标签、哪怕被当作怪胎、哪怕被嘲笑不务正业，我都会当作窗边飘过的一朵朵浮云，反正也就是停留一会儿过一会儿就消散了。追逐梦想的热度从来都没减退过，我也坚信通过自己的努力会一点一点实现自己想要的，就算是失败那也是幸福的，过程也很重要！

北漂进入第五年，我的心态和生活也发生了很大的变化。从焦虑迷茫到现在目标日益清晰，这个变化是我出发的时候不曾想到的，当时出发的时候只知道我要出发，要遇见很多美好。很庆幸自己还保留着写字这个爱好，没有被生存的洪流冲走自我。真的很感恩遇到猎头的工作，因为这份工作我可以去努力赚钱，然后用这些钱去支持自己其他的理想。我身边的很多同行朋友都在忙着追赶业绩。我们这个行业以结果和业绩为王，业绩相当于尊严。每次当我有了一个新的想做的事和身边的朋友说完，立马会遭到诸多的不理解，有的人觉得我疯了，有的人觉得我不务正业，把业务做好就得了呗！忙那些干什么呢？所以后来就变成了更多时候我和自己玩，我和自己对话，我给自己鼓励。一路走过来，我从希望求认同，到了自信勇敢地去追逐那些哪怕被人嘲笑的小爱好、小理想；从不知道自己该干什么、适合干什么，到勇敢地追求自己想要的，我变成熟了，变得自己越来越喜欢。成长或许比成功更重要。我这么做只希望不管是被告知哪一天要离开这个世界，我都痛痛快快地收拾好行李、化好精致的妆容，不留任何遗憾地和这个世界轻松挥手告别。我没有遗憾，也不寄托到下辈子，这辈子就很好了！

这么久以来，无论遇到什么大大小小的事情，都习惯了乐观坚强地去面对。无论当下遇见什么样的难题，我相信都代表着这是个好消息，因为再坏也坏不到哪里去了，它总会随着时间变得越来越好，就像是股票，跌到最低的时候接下来不管升多少都是好消息。即使遇到一些让你伤心的人，也不要挥舞着铲刀嘲笑黑暗，那些并不可爱的人的出现也是好事，所有的一切都是好事。穿越过了这些让你伤心的人你将会变得强大，你将领略到人性的黑白灰。这么想，所有的一切都没有那么糟糕了。视角决定了一切，决定了你上升到天堂还是下降到地狱。

如果你现在也正面临着不被理解、不被看好、迷茫惶恐、艰难困苦、孤军奋战，那么往好的方面想。你现在如果选择改变，那也同样会是越来越好、接连翻高、好事连连、冲上云霄！总之，没有什么是真正值得害怕的，除了害怕本身！

# 人生没有浪费时间，只有不珍惜时间

过年回家，总是从妈妈的某些同学孩子中听到一些小故事，还有阿姨会亲自上门给我讲她小孩关于以前北漂的一些故事。说来说去，阿姨们都觉得在外边一个人瞎闯是很浪费时间的事情，正常人就该过踏踏实实的生活；赶快回到家乡结婚生孩子，努力考公务员，才是正道。听到这些和自己差很多的价值观，真不知道该如何应对。其中有位阿姨和我说他儿子曾经一个人孤身北漂的故事，大概有一年的时间，在一家公司里做小职员，薪资在3000元左右，去掉房租生活费一年下来没存下什么钱，于是闷闷不乐地离开北京回到家乡。他当时是这么对他妈妈说的："我一月赚3000元，那我何时才能在北京买房子呢？"就这样他回到家。因为他是蒙古族，还是本科，我们市有福利政策，最后考上了小市的普通公务员。

好多人都觉得来北漂是浪费时间，估计每年从北京火车站离开的人当中也有很多人是这么认为的，在这里耗尽了青春没存到钱最后觉得走投无路回家才是唯一的出路，于是闷闷不乐地走了。那位阿姨的儿子来北京的初衷是买房子，这个出发点就不足以支撑他度过所有艰难的岁月，刚参加工作的人就想要品尝成功后的滋味，现代人有很多都是这样注重结果不注重过程。成功本来就属于少数，要想在北京这种天价房价下买房子，按照正常人的职业生涯怎么也得五年吧！就算北漂不是你的终极目标，年轻人在大城市里历练一下有什么不好呢？我不知道他一年过得有多委屈，但从最后离开北京回老家的肺腑之言可以看出在这一年应当是蛮痛苦的。

年轻时总会有一些不成熟的想法和态度，很多人都有过。我在 24 岁的时候还在一家小公司里做前台行政工作时就有很强烈的想法，老觉得现在很浪费时间，年轻的时候应该去一些有发展潜力的公司从头做起，在这里很浪费时间。既然选择北漂就是想成为不一样的自己，天天在几寸的前台做一些杂事有什么发展？当一个人开始有这种想法时，工作就不会很有动力，对待事情也不积极。那时我的眼光只停留在了这几寸的前台边，对于未来也是很模糊，抱怨是最多的声音，不喜欢自己也不喜欢现在的工作。那时想要去企业做个 HR，觉得这条路或许能有一些前景；但是虽然有这种想法，行动上还是多半停留在和一些琐碎工作以及负面的人事上纠缠。就这样一天又一天，一年晃晃悠悠过去了，生活和工作依旧没什么变化。

现在回想起来，人生根本没有浪费时间这一说，只有不珍惜时间而已。只要是工作认真做了，就一定会有收获。哪怕是用那些抱怨的时间看看书，学习一下专业知识，周末参加一下论坛活动，都是很有意义的。最没有意义的，就是不好好利用今天，不把心踏实下来打磨自己。其实换个角度就会有不一样的视角和行动。人生没有浪费时间这一说，经历任何事情都是有意义的。无论是在大公司、小公司、创业公司等阶段，每一天都是一种成长的历练。好好珍惜人生的每一天，不急不躁，命运一定会送给你一份特别的礼物。

2016 年 3 月 5 日

# 雏菊的秘密

老爸：

有20年的时间我都没有怪过你，我从不问你，为什么别家的孩子有漂亮衣服穿我没有？为什么别家小孩有自己独立的房间我没有？为什么我想要看《大风车》而咱们家的电视收不来？为什么别家小孩爸爸出差后都有礼物带回来，我没有？……我从来都没有怪过你，因为我知道虽然没有那些东西，但是我很幸福，从不缺少爱。而有那么两年，我怪你，怪你不辞而别，最后走的时候一句话都没有给我留下。想你的日子，我有时会吃很多东西，就像从前你费尽心思做好食物看着我吃完后心满意足地笑着。这时候我不怕胖，因为我知道吃得越多你就越开心。而我现在费尽心思减肥，是因为我不想让你担心你的女儿没人要。毕竟只有你才是真心希望我胖的。

有一首歌《爸爸去哪儿》，每次听都觉得充满了力量，也常常听着听着眼泪不知不觉流下来。这是你离开我的第8年，我从怨天尤人、逢人诉苦，逐渐成长为一个懂得爱、付出、感恩的女孩。虽然你出现在我生命仅20年的时间，但带给我的美好回忆却足以让我回味一生。我想对你说我很好，没有你的日子里我逐渐变得很好。人生有很多“如果”是来不及更正的：如果知道2008年8月你会永远离开我，8月15日中秋节我就不会简简单单只给你和妈妈发个短信后就出去和朋友玩；如果那年暑假不是我争强好胜不回家想要证明渺小的我可以赚钱，就不会让你每天等我等那么久直到永远离去；如果能回到高中，我一定把老师讲的每一字都用心记下，给你争脸，让你为有我这个女儿而骄傲。可是人生哪有那么多如果，仅有失去才懂得珍惜。这样的道理也只有事后才会顿悟。

在你离开我最初的两年，我活得像小偷一样暗无天日，每逢周末就和闺蜜出去喝酒，正确说是一有机会我就出去喝酒，每次喝完以为痛苦会减轻，没想到比以前更痛苦。整个 2008 年到 2009 年的日记，我记录你足迹并不多，因为我不相信你已经永远离我远去这件事实。日记本里一直夹着一包雏菊花籽，那是 2008 年要送给你的礼物，也是一份永远都没有送出去的回忆。大学第一年我就开始了各种兼职，其中包括发宣传单、卖电视、做市场问卷、面包店服务员……为什么会这么忙碌呢？因为妈妈说：医生说你爸爸只能活三年！而我一点都不相信，但不相信的同时也在努力赚钱，梦想着要是我赚了很多很多钱将来就可以带你去国外做手术了。2008 年暑假我赌气决定不回家，我相信自己可以独立去赚钱。没想到这一别竟是一辈子。寒假中，我带了大包小包的礼物满心欢喜回到家，却发现你已经走了，永远离开了。而我却傻傻地停在这段痛苦的时间里。当一个人电话接不通，很久也听不到他的声音、他的唠叨，你不得不相信他已经离你远去，这不是开玩笑的，去旅行是真的不会再回来了。有的人你真的不知道这是不是最后一次见面，最后一次通电话。因为一转身就是一辈子的事情是真的存在，只是如果没有发生在自己的身上，我们都把他当成故事听听然后忘掉。



以前，你会变着法儿做好吃的给我，大热天去市场买豆腐片回来用签子穿好再涂上各种调料；一有时间，你就会炸一盆肉丸子，放在厨房供我随时品尝；初中时，不顾妈妈的反对给我买四大名著并允许我阅读；高中时，每天晚自习回来你都会做一大盘炒饭然后看着我吃光。高三家里突然着火，我望着熊熊的火焰止不住地流泪，你笑笑对我说哭什么呀，不是什么大事。有很长一段时间，我都不明白为什么你不厌其烦地养了那么多花。在你精心的呵护下，院子里摆满了各种难养但是特别美丽的花。多年后的我终于明白，那是一种热爱生活的态度。时至今日，我也会在小屋里养一两盆花，它们时刻提醒我要爱生活，乐观面对当下所发生的一切。

现在的我不会纵酒，不会不吃早饭，也不会怪你为什么不辞而别，因为我有 20 年的美好的回忆值得我慢慢品尝。对于我，生命是一场不停奔向你的旅程，我们之间隔的仅仅是时间而已。《北京遇上西雅图》里边有一句话："只要我们住在对方心里，死亡就不是分离。"那包雏菊花籽我会一直带在身边，并把自己的笔名称为雏菊，它们都时刻提醒我要珍惜身边的一切，做一个热爱生活的乐观的女孩。这便是雏菊的秘密！

**中秋　想起回去看你还是很幸福的**

我经常从有你的梦中醒来，从你离开我的 8 年里每日早上醒来仔细回味，大多都有你的影子。有时候特别地想你，我知道可能快到中秋了。有时候不知道怎么了，只要想起给你写信这件事就会哽咽，真的是太想和你说话了。有 20 年的时间里我们相处得像朋友，我会把心事讲给你听，包括和表姐吵架的细枝末节，你都会耐心地从头到尾听我讲完，现在想起来你在心底应该笑我好几次了吧。20 岁，有人说我成熟，不像这个年龄的孩子；26 岁，依然有人说我成熟，不像这个年龄的孩子，不过已经不是孩子了。这一切变化都是在你离开我的那天发生的，我就这样忽然间一夜长大了。

你知道吗？你不在的时间里，之前你养的花越长越茂盛。我知道那是你在告诉我要坚强。你一直都在我们身边。有一段时间真的挺不住了，妈妈说她有点不想活了，我是她的全部和寄托，我不知道怎么开导她去寻找而后生命的意义，我都不知道怎么解救自己。放任她找男朋友，希望她能得到一个真心对她好的人。后来她真的交男朋友了，不知道为什么我没想象中那么伟大，居然有一种被抛弃的感觉。我不喜欢和他说话，连最基本的礼貌语言都懒于应付。后来他终于离开了我们的世界，我不知道是不是因为我的态度，总觉得他抢了你的位置。

以前你和妈妈一起照顾我，现在我需要照顾好我自己和妈妈，有一种责任感促使我要越来越努力。来北京的三年最恐惧的事情莫过于忽然听说妈妈在家生病，那我该怎么办呢？没钱的同时也没时间。这个问题一直困扰到今天，该如何是好？后来这种困扰就一直鞭策我努力工作，但困惑又卡在怎么努力，没有明确的目标。你不在的时间里，我终于从一个被你惯得不像样子的孩子变成了有很多正向关键词的女孩，自己都非常惊讶。以前走路都嫌累、吃东西挑三拣四的女孩现在有了很多好评，他们都说我是正能量、坚持、自律、认真……是的，我必须认真，而且需要越来越认真。因为我需要让自己强大起来，我需要替你好好照顾我自己和这个家，虽然我做得还不够好。有时我也会洞察到现在自己越来越认真，越来越自信，不过骨子里我依然是自卑的。中秋我想回家，想看看你养的花。想起回去看你，还是很幸福的。

## 给妈妈的信 我在北京挺好的

老妈：

有些话还是说不出口，就算是坦白但还是有些秘密说不出口。比如说，每次我说还剩500元的时候，那一定是剩100元了；说剩100元的时候，绝对就是已经快没有了。晚上你问我吃了吗？90%是没吃什么，因为我需要减肥，晚上不能吃太多，随口就能编出来晚上吃了什么。演技越来越纯熟，有时候竟然自己都相信了。去沈阳培训，上课一定不会接你的电话，因为怕你担心也怕你唠唠叨叨说一大堆。这些都算是善意的谎言吧，不告诉你不是欺骗，而是怕你担心！

这周日你过节了——母亲节。这次比较欣慰的是给你买了很多礼物，特意在网上挑了一些吃的东西给你邮过去。像特仑苏，我猜你一定舍不得给自己买。这次没有送花给你，因为花可以让你开心一天，但食物都是最实用的。来北京日子一直过得紧巴巴，除了房租生活费好像挪不出多余的钱给你买东西，有时还要靠你接济，每次想起来都觉得愧疚。抱歉我没有像别人家的女儿那么优秀，到现在还是很平凡，最让你担心的还是一个人。好多人都不懂我为什么这么辛苦地来北京。你们疑惑，表姐来北京陪我姐夫，人家结婚生小孩，我一个人来北京凑什么热闹？只有我知道我必须来，因为只有离开你的溺爱我才能真正成长，成长为自己的样子。在家乡那个城市我生活了20年，不想再用20年过之前的生活，看着自己的小孩上我上过的小学高中大学。我想靠自己的努力遇见更多的美好，脚踏实地地生活、工作，直到遇见我心目中想成为的自己。我相信那一天并不遥远！

这几年发生了很多事，爷爷、奶奶、姥姥、姥爷、爸爸他们都离开了我们，让我更加明白生命原来是这么的脆弱，启示着我更要在有限的生命里去做想做的事情，不给自己的人生留下太多遗憾。10 岁那年你问我：“爷爷走了，你怎么不哭呢？”其实我想说，当时我并不懂什么是死亡，不明白去世就是永远离开。去年姥姥生病走了，你问我哭了吗，我回答含糊。其实我一个人在北京哭了一上午，正好赶上工作空当没有勇气回去，怕让你看见我狼狈的样子。当初说好了一个人去北京后就不用你怎么管了，但每年还是会出现一些大大小小的状况。前两年在北京我真的比较迷茫，不知道要干什么，总是干着急。但是我比较佩服自己的是从来都没有和你抱怨过北漂有多辛酸。因为我知道这是我自己的选择，苦和甜自己都要照单全收，其实算下来，还是甜多于苦的。

我想说我在北京挺好的，工作终于找到了方向。他们都说我比较适合做猎头，有这方面的潜质，而我也在脚踏实地一步一个脚印前行着。现在的我可以照顾好自己，无论多忙早上都会给自己准备早餐，一日三餐按时按点。请放心，我相信，不久的将来也会遇见我的另一半的。你不也是 27 岁才遇见我爸的吗？缘分的事是不能急的。希望你照顾好自己。我相信我们的生活会越来越好的！

# 【三】

## ·没有捷径可以走，唯有更努力·

# 每个人都会有心底的小宇宙，只是爆发得早晚不同而已

我过去的二十几年总结下来，可以用两个字来形容：失败！我都记不清有多少次失败了，反正对于失败我也不在乎。过去一直都活在自己的象牙塔里，过着没心没肺的生活。

**往昔岁月，不堪回首**

＊ 学习成绩平凡，还不怎么努力，一直在中下游徘徊。即使是面对高考也无动于衷，该吃吃该喝喝，也不管明天会如何，对于未来没有什么美丽的畅想。

＊ 懒惰。如果能坐车我一定不走路，从来不帮家里干活。这是在和父母这段关系里扮演的角色。溺爱对孩子的成长影响很大，因为我的母亲很勤快，所以很多活没等我看到，她已经干完了，以至于我眼睛里越来越看不见活，越来越没有眼力见。

* 长相平凡。25 年的时间里，都觉得自己很难看，自卑如影相随。身材不好就算了，还不好好照顾自己，有两年的时间里经常喝酒、熬夜，觉得世界都对不起我。三观已毁，有事烧香。

* 胆子小。我从来都不敢上课主动举手发言、主动去做什么事情，永远都躲在尘埃里、角落里。

高考毫无悬念地考得很烂。记得高考失败后，妈妈让我去复习一年重新考试，我坚决不。因为我怕再一次失败，或许连个普通的大专都不要我，不敢面对挑战，妥协一切，也丝毫没有不甘心。后来我把自己的未来随便放到一个简陋的大专院校。像这样的大专院校都齐刷刷盖起一栋栋宿舍，训练设施不断增加，学校跑道换新颜……包括周围的人，也有同学每天 5 点起床学英语，在这样的 3 流大学英语照样过 6 级，而我依旧无动于衷。还有很多不了了之和没尽力就逃走的戏分：第一次参加校园歌手比赛，初选那天紧张到忘词，满脸通红，然后仓皇逃走了；第一次参加公务员考试，排了 50 名，落选告终；第二次参加公务员考试，排了第十名，同样落选告终；第一次学架子鼓、学拉丁舞，一个月后宣布再见；人力资源三级考试考了两次，第二次人生第一次走错了考场……

三年的大学生活我仍然活得像个死人。有一天命运齿轮开始发生变化，爸爸突然离开了，我忽然像被人抽醒一样，脸上被打得都是血印。有两年的时间，我三观已毁，觉得世界都对不起我。每周末出去喝酒，特别相信自己的酒量，也印证了一件事情：一瓶啤酒加上半斤白酒我铁定趴下，还是两个人喝，其实我酒量也没那么好。那两年因为总喝酒脸上开始爆痘，我无视身体的抗议。有三年的时间里我本来就没有什么斗志和理想的青春好像真的被打趴到了最低点。这样一个完败的人，或许已经不能再糟糕了。一个人若是没有斗志，他的世界也就完了。但是我的心底像是一直有一个声音，它虽然很微弱但是我也可以费力地听见，那就是：不能这样了，你该去寻找和遇见一些美好，虽然暂时看不清是什么，但是你该出发了！于是我跳崖一样选择了一个人孤身去北京，准备一点一点重塑自己这个角色。来北京之后，因为过去的种种不努力留下的各种坑，终于像巴掌一样一样扇过来。对于我吃过的苦，我没有怨言，因为我相信自己遇到的一切都是有原因的。我不可能一下子就成长为心目中的巨人，肯定是需要一砖一瓦地重新修补。

在北京有两年左右的时间处于混沌的状态，想看书却不行动，一直拖延，借口有很多，比如每天工作一天了到晚上已经累瘫，看不进去很正常啊！想写文章记录自己的当下，也迟迟不动笔，今天拖明天拖后天拖大后天。想早起不那么慌乱随便买早餐吃，可还是每天睡到七八点，然后匆忙找今天要穿的衣服，然后匆忙挤公交车，匆忙去上班，上班后也不明确今天要做什么……就这样浑浑噩噩地过了两年。走在人流涌动的地铁里，随着浩浩荡荡的一群人往前走，感觉大家的面孔都一副知道要去哪儿的样子，是不是就只有我像个傻子一样不知道该干什么？常常怪自己是个骗子，说好要做什么事情却没做。2012年写过一些年目标计划，结果是完败，一个都没实现。当时懒惰都没治好，竟然想要考研或者出国留学。2013 年计划开始写得更细致，甚至写上了每天的时间管理，转眼到了年底总结依旧是很惨淡。想看书，但是坚持不住；早起，起不来；旅行，没有闲钱；想变漂亮想买漂亮衣服，从减肥开始，但是遇到好吃的还是战胜不了诱惑。记得 24 岁那一年我去问周围朋友我的缺点，最后的结果让我很失望，因为整整一页的稿纸全都是缺点，怎么就没有什么优点呢？最后那篇总结的缺点让我扔掉了，因为实在不敢去面对。25 岁时参加一个培训，课上有一个讲真话的环节，有一段对白对我触动很大：“你多大?”“25！”“25 岁就让你活成这样啊！”我到了想活活不好、想死死不了的地步。

每个人都有或多或少的优点，就算再烂的人也是有的。我虽然有各种不上进，但是心理越来越强大，脸皮也越来越厚。这么多年，唯一的闪光点就是文字曾带给我的鼓励。初中时，我写的小说在班上开始小范围流窜起来，最后流窜到班主任那儿，我被她全班点名批评。那一次唯一一点自信的火苗被浇灭，我不敢再写，怕被任何人嘲笑，当然也没有勇气去坚持。因为这个打击，我很多年都没有建立起自信。但是对文学的热爱一直若隐若现地闪着。高中，语文老师提问谁可以介绍一下那篇课文的作者，我举手且流利地介绍一堆，可这是我利用午休跑去书店买参考书提前预习又背熟的。第二次我尝到了文字带给我的自信，小火苗再次升温。后来我的作文几乎都是班里的高分，且经常在班里公读。有同学叫我才女，我感觉自己还有点闪光点，不至于一无是处，于是中午走路时也会背一些优美的词句。高考，或许应该报考汉语言文学，早应该认清自己的小特长。但是我没有自信，也不怎么努力，结果高考毫无悬念地失败，文学路这件事情从此被压在了五指山下。

我到底是从哪里被落下的，已经无从考证了，因为从一开始我就优哉游哉地自顾自慢慢走着，直到有一天发现周围的环境不是我想要的，开始抱怨自责。但是，这有什么用呢？如果你依旧继续慢慢走，你还是看不到你想看的风景。现在的你是过去你的结果，那未来的你也一定是现在你的组成。23 岁，身体虽然来了北京，可是心却没准备好，说要看书依旧是今天拖到明天，明天拖到后天，直到不想再提起看书这件事情。身边有个女孩熬夜在剧组拍戏，我竟然有些羡慕，起码她找到了她暂时喜欢做的事情。而我，却越来越不喜欢和自己待在一起，已经到了无法和自己相处的地步。后来我才明白，一个人首先要学会爱上自己，包括自己所有的缺点，坦然接受自己的全部，才算是成熟。那段日子没有意识到一个问题：一个人改变身上的缺点想变得越来越好，是需要时间的。回首我过去的 20 年，都是过着吊儿郎当的日子，凭什么一夜之间就全都变好呢？总得需要一个过程吧。我也认识到了一个事实，就是我从 23 岁起才开始想要改变，身边很多人都是从很早就开始努力了，他们早被别人点燃或者自燃了。为什么一个普通的大专有人能过英语六级，有人废寝忘食考司法考试，而我那几年在做什么呢？每次都到要考试了才点灯熬油地复习，想旅行却从未出发，在海南待 4 年才去过一次三亚。而我凭什么想轻轻松松改变就能改变，想努力几下就很有成就呢？认识到这个问题后，我开始变得对自己很有耐心，因为我知道我就是一只特别普通平凡的蜗牛，要很努力很努力地爬也不一定能到达金字塔。所谓的幸运，不过是努力很久之后发生的几个偶然。

人的情绪积攒到一定程度一定会爆发。特别是那段没有什么朋友可倾诉的日子，有一个恶性循环是：不喜欢自己→自责→不行动不改变→生活如死水→不开心不幸福。所以如果想改变这一切，将自己重新打造成一个新的版本，我们都需要先肯定、接受、试着喜欢自己。不管怎么自暴自弃，我的心底最深处始终有一个声音：我一定能走出来的！我不仅仅为父母而活，也要为自己重新活一遍，哪怕为了文字活、为父母赐予我仅此一次珍贵的生命、时间、独一无二的灵魂而活，都应该努力向上站起来。现在的一切都是你之前造成的，想让事情变得不更加糟糕，唯有行动。我的母亲是一个很自律的人，她从来不用闹钟，以前上学中午午睡，她说睡多长时间醒就能多长时间醒。这点让我心生敬佩，觉得或许我们身上的基因有一样的东西，我只是暂时做不到而已。

有一次在一排高档写字楼下边发现一家服装店，叫“蜕变”，瞬间被这个词吸引。我好想把这个词用在我身上，想要蜕变成自己心目中的自己，后来我从最简单的事情做起：起床！有一件事情是最公平的，就是每人每天的时间，想要改变就从时间上想办法，从现在起开始珍惜自己的所有时间。我从最基本的做起，就是起床。一开始早上起床真的很痛苦，那叫一个各种起不来，于是去买了一个闹钟，后来闹钟也不行就用手机定闹钟。手机定闹钟，早上也会自己起来把闹钟关掉，然后继续睡回笼觉。就这样，突然有一天早上我神奇地起来了，为什么？我分析了一下，我是一个吃货，看见好吃的就非常开心，所以头天晚上给自己买了丰富的早餐，第二天不等闹钟响起我就痛快地起来洗漱，然后进入满心期待的早餐。闹钟也定了几个版本，我对自己下了狠手，5：30、6：00、6：30 分别一次，最晚也不会超过 7 点起床，闹铃还用了自己非常喜欢的李孝利的音乐。除非我清醒地把它关掉，否则闹钟会从早上 5 点一直唱到 7 点。如果有一天突然起来晚了，我也不会再怪罪自己，因为我发现自责会让自己更不愿意去做这件事情。

看书一开始也坚持不下去，于是买了一堆纸质的书放在眼前，不看都觉得碍眼没地方放。因为有的书很有吸引力，让我光看封皮都觉得看完功利会增长一倍。那时行政工作太安逸了，就裸辞。没工作，怎么办呢？逼着自己去面试，每天像赶集一样，有的时候一天面试过 4 家公司。为什么这么急？因为下个月要交房租，没有钱交房租我就得流浪到大街上。后来做猎头后，那家公司还是太安逸，怎么办？换公司呗！有同事说："亲，你去那家公司得天天加班，考核也很严格，达不到考核目标经理会骂人的！"我回复："亲，我就是想去考核很严的公司，没挑战的工作我还不想干呢！"其实我也有点怕，心里还是会有另外一种声音飘来：早晚要面临这种情况呀，我还要逃到哪里去呢？北京是你自己选的，工作是你自己选的，都是自己选的，还抱怨什么呢？有时候，当我们特别想改变自己，不要太自暴自弃，还是要想办法找到对付自己的办法。没有人比自己更了解自己。一次两次不行就一直尝试新的方法，总有一天是可以有一些进步的，有了进步之后要马上多鼓励多肯定自己。身体处于喜悦的状态，会更有动力去做更多的事情，像是打游戏冲关一样，总是有了一个个小的节点和胜利才有兴致进入下一个。

在 2013 年、2014 年这两年里，我渐渐变成了一个和之前截然不同的人，连一起长大的表姐都快不认识我了，这个连走路都嫌累、吃饭挑三拣四的被惯坏的小孩竟然脱胎换骨地变了。外人可能觉得没什么，但是只有自己能体会自己蜕变后的喜悦，像是久别重逢好久不见的老朋友。时间就是一张网，在哪里投入哪里就会捞上来鱼。我的关键词从失败、不坚持、没毅力、懒惰、娇气、二儿，逐渐变成坚持、勇气、正能量、标杆、很棒等逆袭的评价。

像我这种变化反差特别大的人比较少，所以我一直也觉得自己是个奇葩，自在地活在自己的世界里，任凭外面发生什么我都按照自己的步调自由地前行。这个世界依旧在照常转着，而我却在发生着微妙的变化。我的努力我清楚地看得见、感受得到，我改变的循环模式开始变成：不喜欢自己→自责→决定改变→行动→坚持不了多久→自责→接受自己现状→再次改变→坚持行动→有了进步→给自己肯定→越来越喜欢自己。

我开始相信，不管一个人之前是什么样，只要他想改变就一定会改变的。



我开始拉着周围的同事去参加行业活动，但是没多少人感兴趣，他们觉得参加活动、参加培训都没什么用，好好的周末还有其他的事情呢！那个时候我觉得周围的人都是和我差不多的人，我对学习这么感兴趣他们也一样吧，事实上是我认知有错误，你感兴趣的东西别人不一定感兴趣，别人目前的重点或许不在工作上。这不能说别人不上进，但是在培训活动中却渐渐认识一些和我一样志同道合的人。有人说，参加那么多培训活动有用吗？其实，很难清晰地计算出一个培训能带来直观的价值是什么，但是经常参加一些活动却能让自己保持积极的状态。能花钱去培训的人都是爱学习的人，能放弃好好的大周末去学习的肯定都是积极的人，多和这些人交往自己也会变得很正向。我记得有次参加完“印象笔记”的培训，一个月内搭建了属于自己的知识管理库，再次作为老学员去分享，分享完的掌声让我有些意外。因为印象笔记改变了之前建很多文件夹，常常让自己迷失在自己建文件夹的迷宫里。节省了很多时间，而时间对我来说又是很宝贵的，所以说一次培训很难用具体的价值来描述。

后来我大部分日子每天早上都起得来，起床后开始做今日计划、写字、整理今天工作目标、看书、运动等。早上避开地铁人流，骑着我的小白自行车去上班，每天 40 分钟的自行车运动量也是给自己身体的健康投资。开始拒绝吃油炸食品、辛辣食物、零食，开始注重营养和健康。工作也渐渐有了小起色，不知不觉中渐渐接近了心目中最爱的自己。

有阵子看 2013 年 9 月《天下女人》采访 91 岁秦怡，被这个 91 岁仍旧写剧本的老太太深深打动了。她被誉为重庆影剧界四大花旦，74 年演艺道路；哪怕跳不动舞，她仍旧渴望试一试；哪怕记不住单词，她仍旧渴望学一学，人到 90 仍然忙碌非常。尤其是她一生经历坎坷，照顾卧床丈夫 30 年以及患有精神病的儿子多年。她现在这个年纪仍有梦想有憧憬，对新鲜事物仍保有好奇心，这种对待生活积极的态度值得我们学习。我开始相信无论你从什么时候出发都不晚。30 岁你想学英语，40 岁想谈恋爱，50 岁想环游世界，60 岁想写书……只要有健康的身体，我们做什么从什么时候开始做都不晚，晚是别人对事情的看法，只要你觉得不晚就不晚。生命本来就有未知的终点，本来就是用来浪费的，为什么不拿来好好浪费，让它散出不一样的烟火呢？

有时候我们都会相信：只要坚持就会成功。有的人坚持了，成功了，有的人也坚持了，但是依旧离成功很远。有些事实早应该认清：成功的人往往是少数。但是我认为成功是一个自命题，只要自己认可自己，就可以自信地认为这是成功。因为知道自己是一只蜗牛，所以对自己超级有耐心。起码，我的态度一直都很好，一直都觉得生活会越来越好。

“每个人都会有心底的小宇宙，没翅膀一样能飞得自由。你不必想太多，有梦想就不平庸，骄傲地大步走，一秒都别停留。青春就像一场烈火，燃烧你的执着，转过头是绚烂的天空……”

——《别害怕》

没有过去觉得糟糕透了的自己，哪有只要改变就不断在进步的自己？没有过去无数的失败，哪有后来获得一点成绩就无比欣喜的热忱？一切都是最好的安排，过去无论是好的、坏的，都是一种体验的练习，只有尝试过才知道自己要往哪里去。每一件当下发生的人事物都是一堂课，都是一份份礼物，只不过有些礼物包得难看些，你当时没有发现它的内在。我相信，每个人心底都有自己的一个小宇宙，或大或小，只是爆发的时间早晚不同。人一旦有了梦想就不会平庸，活着也变成了一件非常有意思的事情。不管你是什么时候开始，记住，只要出发就一定会到达，很多时候没有好消息只不过没有坚持到最后。

# 我是如何做到4点钟起床的

“我知道每一天洛杉矶凌晨四点的样子，24 号意义就是 24 小时。我希望把自己的所有精力都投入到篮球当中。当我退役的时候，我希望回头看我走过的路，每一天，我都付出了我的全部。”

——科比

有一年年初，每天内心都翻滚着想要改变的冲动，觉得每天都过得匆匆忙忙的，都没有时间看书和写字，没有时间吃营养的早饭。于是我起了想要熬夜的邪念，但上网一查，熬夜对身体的伤害很大，又想起 2013 年身体曾因熬夜出现过问题，还是决定放弃这个念头。

既然不能熬夜，那就起早吧，凌晨四点起来如何呢？会不会对身体有害呢？于是开始搜集早起的好处。从一开始就没打算放弃这个提议，只是去查早起的好处而自动屏蔽早起的坏处。百度发现一本书：《4 点起床》。与其说是一本书改变了我的作息，不如说是这本书怂恿我将这个想法坚持到底。这本书描述了 4 点起床的各种好处，如提高工作效率、学习事半功倍、无障碍学英语等。最吸引我的一条是：4 点起床不会被裁员，早到办公室会受到大家的尊敬，你的口碑也会越来越好。这条我真的亲身验证了，每天都早早到办公室，但大部分时候都没有老板早，所以很顺理成章地在老板面前树立了好员工的形象，对待工作正面积极，里里外外都散发着正能量的气息。经过这个实验我第一次觉得书里有些道理是对的，我们很多时候参加的培训也都是将书里说的再重复一遍罢了。重要的是实践，只要行动起来去验证那些浅显易懂的道理，很多时候是有惊喜的。

那我们为什么要早起呢？我想这个问题每个人都有不同的回答，但无论哪种答案，宗旨都是：时间太宝贵了！人生也太短暂了！区区几十年，一眨眼就20岁30岁，我们还有多少时间可以浪费?！那么多喜欢的爱好、那么多想做的事情、那么多梦想等着我们去实现，把时间放在无意识的睡眠上，未免也太可惜了。我们的父母送给我们最宝贵的礼物就是几十年光阴，而我们如果真的爱父母就应该好好珍惜时间，认真地去经历去感受，好好地活在当下。

**把每一次起床当作练习**

我把早起称为一次练习，每天闹钟响起从床上一跃而起不赖床不睡回笼觉就算是完整地做完一次练习。在练习的过程中很多次都失败了，于是我开始反思，为什么会起不来呢？难道我不想起来吗？不会啊，早起之后多么美好呀，有很多时间去看书去做自己喜欢的事情多好呀！可我为什么每次起来把闹钟按下继续呼呼大睡，内心台词永远是："啊！太早了，我就再睡一会儿就一会儿，然后马上就起来！"等着吧，这个一会永远是两个小时。再次醒来开始慌张，自责感每次会涌上心头，随之而来是一天都很差的心情。因为昨天自己计划好的要早起做一些事情的，一个翻身睡下把一切都打乱了。

回头仔细想想，早起是为了把时间拉长，但是这次练习没做好却影响一天的时间，其实是一件得不偿失的事情。本来是想拉长时间却变成了浪费更多的时间，这和我的初衷是背道而驰的。所以，在某个早起失败的早上我突然顿悟，并决定即便起来晚了，即便没按照原定计划4：00起床，只要从开始清醒的那一刻就不再浪费时间，能做一点是一点，做不完就明天再练习。

### 再睡一会儿代表再睡很久

经过反复练习，我发现一个规律，每次早晨起来后都睡眼惺忪，这种台词出现：“啊！才这么早，再睡一会儿，就躺一小会儿。我相信自己能起来的。”等着吧，这个一会儿永远是一个小时以上，并且一个小时后再次醒来通常会自责和反省，因为明知道自己是这样还故技重演地再睡一会儿。所以有一阵子每次醒来仍有这种想法出现，我就会当场揭穿自己：“你的一会儿通常是一个小时以上，如果浪费了这段时间是你想要的吗?”回忆起昨天的自责，就不再躺下了。

### 找到自己的弱点　然后对症下药

打开电脑，放一段超嗨的音乐，想起一会儿要吃的美味早餐，睡意渐渐地消退。我充分了解自己，对吃的从来都是忠心耿耿地热爱，用早餐叫我起床比闹铃强多了，只要一想起起来后有吃的就不会赖床了。不过在闹铃上我也会做一些努力，例如有一阵子会特意搜集有意思的起床音乐，用过一段王力宏叫起床的铃声。偶像的力量真是无穷，我轻轻松松地就被唤醒。

头天睡觉前对闹钟和自己认真地说：“明天我一定能起得来！我相信我自己!”别看这句小小的誓言，头天发誓自己今天能起来这个仪式很重要，因为很有可能几个小时后意志力就没那么坚强了，提前打好预防针还是有作用的。我们都心知肚明地知道自己为什么起不来，我们也都知道怎么让自己起来，只有自己是最了解自己的内心，所以对症下药也要亲力亲为。

**对自己要有耐心**

因为之前有过很多次失败的经历，所以我对自己超级有耐心。在我的认知里起不来很正常，如果起来了那才是惊喜呢，于是这个早起的练习每天都在不厌其烦地重复。就算是失败了，也会劝自己，没事了，明天再来吧。就这样一天天尝试，终于找到了规律，也渐渐习惯早晨5：00起床。从一开始就没把目标定那么高，先从5：00开始练习，然后再过渡到4：00，慢慢来，我对自己有耐心。

现在很多人学什么时间管理啊、番茄工作法啊等，一个月没效果就开始急躁，对自己和对一些方法一点都没耐心。其实着急是最浪费时间的了，如果因为没有效果着急那反而会浪费更多的时间，这样就和最初为什么学时间管理背道而驰了。仔细想想，如果一个人特别着急会是什么状态呢，内心肯定会自责之前的种种，而在胡思乱想的时候这些时间算是都浪费了，还不如用这些时间去做一些有意义的事情。当你觉得时间不够用的时候，代表着你不能掌控自己的时间，越是觉得时间不够用其实时间越是不够用。换一种心态，告诉自己：其实我能掌控住自己的时间，我有很多时间，我可以完成的！自信从容地面对突发状况，面对一切是最好的解决办法。

**安排好早上要做的事情**

执行永远比边想边做要快，既然早起是练习，那么每天做什么作业也要提前想好。

在每天的练习过程中，我逐渐掌握了自己做哪些事情的先后顺序，以及早上可以做什么的清单。通常我早起后的事件顺序是：关掉闹钟，打开电脑放一段比较嗨的音乐，洗漱（让自己清醒），敷面膜，早饭，做今日计划，看书、写字。这些事务性的事情做完后，如果时间够用，会安排学英语，如果工作有没完成的就会去工作。有时会纠结要学英语还是忙工作的事情，这时候就会回想年目标谁排在第一位，哪个更重要一些。所以我对自己的英语也是相当有耐心，允许和接受目前很烂的水平。不然，浪费生命去坚持做一件不喜欢的事情在我的眼里就是一件浪费时间的事情。

**闹钟离床远一些**

已经记不清有多少次自己无意识地把闹钟关掉继续呼呼大睡，第二天像受害者一样责怪闹钟怎么没响呢。其实，就是我闭着眼睛娴熟地关掉闹钟的，而这段记忆被有选择性地掐断了。在 N 次失败练习后，我决定把闹钟放在离自己很远的位置，如果我想把它关掉就必须起床后走一段路，就在回来的路上赶快劝自己：好了，别再躺下了，醒来就起来，一躺下就是 2 个小时。我实在太了解你了！

起床后的 5 分钟都是比较难受的，如果是冬天就会觉得自己太辛苦了，这么冷的天还起这么早。不过清醒过后会特别感激自己：哇！4：00—9：00 我有 5 个小时呢。白天工作时间才几个小时啊，就从下午算也相当于 1：00—6：00 呢。这个早晨可以做很多事情。

## 起床后的自我激励

现在的我起床虽然已经不再困难，但是从床上起来后的5分钟里仍然会觉得有一点委屈和难受，伴有短时间的眼睛暂时睁不开，身体发沉，思想的意志力也比较弱。而我只要一想起今天可以离梦想近一点，可以改变一些事情，就会立马精神。说得官方一些，叫自我驱动力，说白了就是打鸡血的状态。身边的朋友有时会说：你每天都像打了鸡血一样！是的，从来北京的第一天我就是这样，无论住得有多差，无论房子有多冷，都觉得明天充满了希望。能自由地走自己的人生，实在是太幸福了。

这种能力是可以培养的，也可以称为是正向思维，态度时刻都良好。早晨起来后，觉得自己太辛苦的时候就可以把那些激动人心想实现的梦想在脑海里播放一遍。我们不仅仅要吃营养的早餐，还要给自己注入一些能量。

## 记录自己的起床作息

买了一个效率本，每一天都有一页，在最上边空白处记录自己起床和睡觉的时间。为什么要这么做呢？如果本周练习做得不错心底生出的自我肯定会增强，那是越来越相信自己的成长脚印。早起在别人眼里可能没什么，不过只有你知道，跨出这一小步是多么让人开心和手舞足蹈的事情啊！你可以自己设定一个小规则，如果成功早起10次奖励自己一件礼物，这样不断鼓励自己前行，直到早起像每日刷牙洗脸一样形成了习惯。

## 接受自己 看好自己 鼓励自己

刚开始想改变作息可能会经历一个痛苦的阶段，比如上午有时会很困，你觉得反而影响了上午的效率。如果多次起不来也会伴有自责的心理，这都是很正常的。但是如果你坚持了很长时间早起，白天仍是无精打采的，那就放弃这个提议吧，不然白天的时间浪费掉那就太可惜了。如果你练习了很久，早晨仍是起不来，也不要灰心。刚开始突然转变作息，身体一下子可能会受不了。因为我们要改变的是已经形成很久的生活习惯，要让自己的身体慢慢去适应。

不过一定要有这种心态：我相信自己一定能起来的！即使失败了很多次那又怎样呢，我们都是平凡的普通人，只要坚持练习下去，早晚早起会变成一种生活习惯的。无论如何都不要过早地判自己死刑。峰回路转、柳暗花明、欣欣向荣的日子本来就在向你招手，你只要一直往前走就好了。

2014 年练习一年 5：00 起床后，终于在 2015 年可以4：00 起床了。这个过程真不容易，有很多次的失败，但是也有很多次起来了。15 万字就是在这些间隙的时间完成的，我权当是刚开始练笔。因为对自己超级有耐心，在文字这条路上就算是一辈子没成就也能接受。最坏的结果已经可以接受了，那这中间的过程好好地珍惜、快乐地享受才是最重要的。虽然现在偶尔还是会起床失败，但是已经没有了着急自责愧疚的心态。因为我知道明天依旧是同样的练习，再尝试就好了，没什么大不了的。

* * *

我终于突破了自己多年懒人的作息，改成4：00起床，我的生活因此发生了翻天覆地的变化……

### 不怕挑战　越来越自信

2014年我住的小屋是一个二层独栋的小楼，这是一个居委会的楼上，曾经是一个大开间的台球厅，后来被隔断成一个个小屋，每个小屋有8平方米大，我住在其中一间。碰巧那年换了房东，冬天没有暖气。我记得我的化妆品像放在冰箱里一样凝固了，每天早晨起来哈气会看到白色。就在这样的环境下，我居然能坚持早起，坚持每天起来看书写字学英语。尽管英语没什么长进，但是内心的自信却是一天一天在增加，这个自信使我越来越相信自己可以坚持做一件事。

我的心态慢慢发生了变化，变得越来越不害怕挑战，掌控感也越来越强。6月份，没等老板辞掉我，我就主动提出了离职。因为我知道自己没有业绩的原因，我根本就不喜欢制造业，所以工作起来没有动力，没有动力就不愿意坚持，不能坚持自然没有业绩。随后，我选择了变化更快的互联网行业，入职了一家专门做互联网行业的猎头公司。这家公司，比之前的公司更有挑战，但是我竟然不害怕，反而更激动，因为自信的我回来了。

我就是那种会把自己逼到墙角然后看自己怎么反击的人。一面工作节奏快得停不下来，一面又开了微信公众号，为了让自己把写字这件事情坚持下来我在微信上公布了自己所有的梦想目标，想利用公众的力量督促自己前行。每周都会定期发布新的文章，微信公众号关注的人也越来越多，很多人留言和我说看到我的文字很受鼓舞。其实关注者的留言又再次鼓励到我，有种就算是累死，也一定要坚持下去的决心！

**学习时间管理　优化自己的时间**

半年下来，因为早起，我变得越来越相信自己，坚持对我来说问题已经不大，但是仍然感觉时间不够用，有忙不过来的焦灼感。于是报名线上课程，学习时间管理，希望能改变目前的困扰。

那时我坚持11：00睡觉，因为我认为工作虽然忙但是身体还是很重要的，没了健康就什么都没了，11点以后睡觉就算熬夜了，熬夜是最伤身体的。我把除了睡觉之外的剩余可支配时间做了一个总结，然后又将自己每天必须要做的事情列出来，预估每件事情需要花费的时间，再把每件事情按照自己的喜好安排到不同时间段。比如，要学英语，但是早上只有3个小时的时间，那么就只能学1个小时，不管学得怎么样到点就要换样。这样列出清单后，自己的每日清单就一览无余。不过在整理时间的过程中发现一个问题，每天往返交通的时间需要3个小时，好心疼这个时间，3个小时可以写2千字的文章了，花在路上太可惜了。经过一段时间的挣扎，我觉得要花高价住在公司附近，相比钱，时间对我来说更宝贵，于是在下半年租到了一间离公司只有2站地铁的侧卧。开心不到一个月，我以为时间会很宽裕的想法又被打破了。原来一周写一篇的任务量，被我增加到3篇后时间又被用得七七八八，困扰我的时间管理问题再次浮现。

于是反复调整，反复练习，终于渐渐清晰自己早上要做什么，必须要做什么。现在我才明白，再牛的时间管理大师也解决不了你时间优化的问题，因为这要我们自己结合生活和工作一点一点调整并适应。

其实，我们只要坚持就好了，上帝没让我们必须成功。成功也永远是一个自命题，是自己内心的肯定和感受。不自责昨天，不担忧明天，好好珍惜今天。为了梦想，一直坚持，我相信终有一天我们会遇见心目中的自己！

# 真相：刺激、折磨也会让我们快速成长

## 人生需要揭穿

有的时候人生需要些揭穿，有些真相揭穿之后反而很轻松，不管是自己揭穿还是别人揭穿，发现之后都是一个新的开始。

刘佳是我入猎头行业之后认识的一位前辈，他出过《猎头笔记》和《猎战》等书，也经常受邀参加一些职场招聘节目。对于刚入行的猎头，总是希望能得到前辈的提示和指教，我也不例外，有的时候遇到困难也会寻求外援、请求支持。有一次，我在 QQ 上和佳哥诉说自己其实不太自信，我从小都喜欢躲在人群和角落里，一般情况都不敢发言，我特别特别自卑。他说了一句话，我到今天都记忆深刻，他说：“你不自信是因为你不够努力。如果你很努力很优秀，一定愿意发言分享……”他总是这么直接，说话一针见血，有时候身边就是需要这种直接的朋友，他不会怕得罪你，而是希望你变得越来越好。闲聊过后我自己也开始有了反思和一些认知：是啊，如果我是个特别特别努力的人，知识谈吐各方面都非常有内容，去参加什么活动肯定愿意积极发言，坐第一排和周围的人相识聊天也会侃侃而谈。人都是喜欢显摆自己的，像家长如果自己的孩子特别优秀，也会逢人就把自己的孩子提上一嘴。

为什么我总是往后躲，从上学的时候就是，演讲、比赛、选班干部都通通与我无关，上课也是不喜欢举手发言，总是扮演着可有可无的角色。因为一次次的不努力，日积月累，给自卑建造了一座城池，面对机会也不敢付出太多。因为过去的经验限制了我的发挥，觉得自己可能做不到，就算是争取了也白费力气，索性干脆就不争取。一个人不自信会是什么常态呢？机会不敢争取，话不敢表达，不知不觉就会错过一个个可以让你变得更好的机会和机遇，想想觉得很可惜，这么多年我到底错过了多少呢？

自信和努力是息息相关的，越是努力的人越是自信，那种底气是由很多时间和认真付出换来的。越努力也就会越幸运，所谓的幸运不过是努力到一定节点后中间发生的几个偶然。后来我也逐渐明白如果你想让自己越来越自信越来越幸运，那就需要付出不输于很多人的努力，努力到感动自己，拼搏尽力到最后一个办法，那样幸运也会不好意思不降临。

## 我们高估了十年后能做的事，却低估了一年内能做的事

有一次我收到了朋友给我发的一位25岁女孩2013年看过的书单，整整100本。她分得很详细很清晰，例如文学10本，励志20本，还有具体的书名。看完后我倒吸一口气，那种刺激到现在仍回荡在我周遭的空气中。听说她是网站上特别受欢迎的一位培训师，听说她2013年的圣诞节要去美国过。同样是25岁，我在小屋里居然度过没有暖气的冬天，这是怎样的差距呢？我过去10年读的书都没有她一年读的书多，何况读书又不是正常人干不了的事情，付出时间和认真任何人都是可以做到的。那种感受就像是我们要去的一个同样的目的地，就好比她坐飞机我步行是一样的。当时整个2013年底和2014年初那段时间，我都处于受了刺激打算愤然前行，但是又很急躁的心态，我特别希望自己像李欣频书里写的那样：乘风破浪、勇敢造梦、大胆行动、接连翻高，拥有宇宙强度最高的生命电力，开始为我的梦想版图勇敢出征。

电影《再见了 不联络》里有一句经典台词：“我们往往高估了十年后能做的事，却低估了一年内能做的事！”人哪，往往受了一些刺激，或许是一段话、一本书、一个人，被某一个当下所刺激所点燃，那都会使他们重新开始思考自己的人生。所以说，受了刺激并不是什么坏事，当有了新的认知之后往往是改变的开始。只要今天比昨天进步一点，明天比今天进步一点，一周之后一个月之后你和当时的你就有很大差距了。

## 曾经折磨过你的人和事都是让你进步的阶梯

2012 年，我经一位学校辅导员的推荐进入了一家培训公司实习。我的第一个老板在我眼里是个很精明的北京老太太，她脾气暴躁，声音洪亮，一口北京口音让我对她多了一层高大上的认知。在海南大家管我们叫“大陆人”，他们是岛人。这么悠闲的城市是没什么工作节奏的，而我在这里找到了频率。她能当着所有人面把一个男孩骂哭，很多人受不了她的脾气纷纷走了。后来，那个被骂哭的男孩没走，成了我们的经理，在这个工资较低消费较高的城市他能月薪拿到 6 千，我觉得已经挺厉害了。我刚去她便让我负责一个别人都不愿意干的项目，一个由美国人力资源管理协会颁发的全球统考的证书（IPMA）。我压力很大但是又很欣喜，因为我喜欢挑战。有一次，我犯了一个低级的错误，她当着大家的面一直骂我，我感到我的脸已经红得发烫，眼泪也快流出来，说话也开始哽咽。一般人碰到我这种情况，应该停止批评了吧。她不是，她一直在振振有词地教导我。就在我想要放弃想要骂她的时候，思想发生了转变，我在想：她骂人的样子还挺可笑的！于是开始观察她面部的表情。她看我已经被骂得泣不成声，于是转过身去。几个同事远处目视我，想要过来帮我解围，我举了一个手势告诉他们我 OK，并且朝她一个坏笑。出入职场，因为她我练就了一级强大的内心。

我并不知道未来会从事哪个行业，但是过去的每一次尝试我都觉得是美好的体验。因为负责 IPMA 项目的招生，我要想尽办法找到大公司的 HR。于是我天天打电话，按照现在的工作情景，那时打的是陌生寻访电话。老板给我一个航空集团公司的秘书电话，我由秘书找到人力资源主管，最后把她攻克，她帮我在企业内部官网宣告栏上广播这个全球统考的人力资源证书考试加培训的相关事宜。后来陆续有了感兴趣的小伙伴，我就亲自去上门耐心解答这个课程的各种疑问，鼓励他们报名。每天我过的日子都是提心吊胆的，我觉得以后面对的职场可能会比现在的女 boss 凶百倍，我一定要适应这种高压的工作环境不敢怠慢。那是一个流动性很大的小公司，想要脱颖而出并不困难，我也是刚入公司一个多月后女老板对我刮目相看，觉得这个小孩可培养，偷偷告诉经理一定要留住我。我们是做拓展的培训公司，有时会去海边度假酒店做室外拓展培训。有一次需要制作一个 PPT，宗旨是在老师把学员说得快泪流满面的时候放上这个温馨 PPT，让大家更感动团队凝聚力更强。我负责当时那个 PPT 的制作，当时我的水平是很 low，也没有什么技巧可言，但是我明白这个 PPT 是让大家更感动。于是我在酒店开始了点灯熬油的工作，半夜两点为了找一个暖心的背景图片而加班加点。人在海景房却没什么心思看周围的风景，因为那晚必须把 PPT 给做好。后来我弄了一个黑色的背景，中间是心形的蜡烛，又放了一个很打心的音乐，又设置了各种动画按钮场景。第二天我们挡上窗帘关上灯回放的时候，经理居然感动得哭了。PPT 的主题是海南大水涌现出的人间温情，加上感动的音乐，温馨的背景，我现在回忆起来特别像"感动中国"颁奖典礼。因为这个 PPT，经理不再认为我是一个不认真的 85 后小孩。那年我 22 岁。我也因为有了这次 PPT 的努力，经理暗地在老板面前夸奖了我，我才在公司受到重视。后来因为职业变动，因为要北漂，海南的短暂实习工作之旅就告一段落了。不管怎么样，在踏入职场的初期，一个女孩，面子就被人踩碎，早早就练就了一颗超级强大的内心，对日后北漂还是有帮助的，起码以后不管遇见什么样的老板和上司我都能接受，再凶不过如此，还怕什么呢?

曾经折磨过你的人和事都是让你进步的阶梯。要感谢那些曾经折磨过你的，让你抓心挠肺的各路神仙和神事。总有一天你会因为 N 多的折磨而成为一名练就一身本事的职场战士。

我们必须找到除了爱情之外
能够让我们用双脚坚强
站立的东西

有一阵子隔壁女孩家里来了一位同学，可能要短暂居住一段日子。这位貌似比我大几岁的美女敢 28 岁才开始北漂，吸引了我的注意。我在想，这该是怎样的破釜沉舟和觉悟啊?!临近 30 岁大关敢从零开始开拓自己的疆土，是需要勇气的。有天见她和室友大包小包买了一堆衣服回来，我好奇地开始搭讪。

“你为什么会选在这个年龄北漂呢?”

“我想要自由，我不想结婚!”

室友在她面前夸我，说我很勤快，每天都早起。

“我也不能熬夜的!”美女说。

我说：“既然你开始了北漂，就要做好吃苦的准备哦。北京很多公司有很多人都是很晚才下班的!”

我觉得这位美女可能并没有想清楚为什么来北京，更像是来旅游的。

我接着和她说：“这么说吧，如果你 35 岁了，你还给别人当小助理，做着没有核心竞争力的工作，你还愿意吗？如果你想要获得自由就必须得努力，只有财富自由，精神才能自由，到时候才有更多的钱可以买包包、买衣服！你没有想过你在北京如果干不下去，怎么办?”

“回家啊，结婚啊！我还有退路的!”她说。

像这样的人可能有好多，即使 30 岁过了还没有想清楚。我不知道她接下来的生活该怎么办。怕辛苦，不努力工作？房租、水、电、煤气费用谁付呢？喜欢自由，于是来了北京，因为生活节奏太快而选择放弃回家，回到家如果更不满意难道还要再回来吗？逃来逃去光阴就这么蹉跎了，回忆起来都是苍白的阅历。一次比一次更狡黠地逃跑，可是逃得过别人逃得过自己的内心吗？不过，价值观本来就有不同，我们没权力指责别人的人生和选择。

你无法叫醒一个不想改变的人，也无法叫醒一个装睡的人。

开始北漂后，我便觉得每一年都过得很快，有的时候是因为没有什么成就也会很着急，前两年内耗比较大。遇到最大的问题不是来自社会，而是家庭。母亲答应给我两年时间出去闯荡，混不下去赶紧回去。或许是年轻气盛，觉得就是混不下去也决不回去。最惨不过吃泡面，最最惨不过吃泡面没有调料呗。已经没有什么是我接受不了的。仿佛某一天有个人走过来和我说，醒醒吧，你要面临生存的问题了，以后不能再懒惰了，也不能贪玩了。不管这辈子是否过得成功，一定要活得不后悔。我的大学生活开始比别人早熟和实际，大家还在忙着约会的时候，我便开始兼职。我明白家里没有可以依靠的，父亲去世母亲也会越来越需要我照顾，我如果不坚强，谁替我勇敢呢？以前参加聚会活动，有朋友特意跑过来和我说：“我希望你像别的女孩那样，有从心底生出幸福，不希望你这么累！”我回应：“我暂时做不到，因为没什么可依靠，所以必须坚强，从一开始就没什么退路。”最困难的时候我都没有把时间花在一些靠出卖时间换取报酬的重复性的工作，因为我觉得这样做没有意义，与其这样，不如去尝试寻找目标。我不会再做大学里发宣传单这样的工作了。所以，我会接受妈妈的资助，因为比起那一两万块的钱，我觉得我的时间更宝贵。20几岁只有一次，女人一过30，皮肤开始松弛是正常的，随之而来的是老公孩子，你需要花大量的时间去打理照顾他们，那什么时候用来实现自己的小梦想呢，还是不要管它，埋在心底以后入土为安？因为顶不住社会和家里人的压力结了婚，因为生孩子是必须经历的，所以就早早地生了孩子，然后发现头两年带小孩是一件需要大量时间和精力的事情，于是梦想啊、火苗啊，就算了吧，最后生活变得只剩柴米油盐酱醋茶。20几岁，尤其是女孩，也就能拼这么几年，30岁以后体力脑力都不如之前，想熬夜都力不从心，那时更在意皮肤，更不会随意熬夜了。所以，在我们还能拼的时候就抓紧时间，到底要把时间花在哪里要想清楚。20几岁只有一次，很多美好的事情也都发生在20多岁，如果把时间都用在无意识的睡觉上边，那真的是太可惜了。你去旅行都好过睡觉，更何况几十年后我们有很多时间睡觉，何必急于一时呢？

《当幸福来敲门》里有一段我非常喜欢的台词："如果你有一个梦想，那就去捍卫它；如果你有一个目标，那就去争取它。走起来，当你走在人生的路上，没有必要去羡慕那些走在高处的人，也没有必要轻视那些走在你后面的人。因为成功不是生命的高度，成功是生命的速度。成功在你此刻的脚下，成功就是越走越近。"而我想要说的是，尤其是女孩们，如果你有想要的生活，你有权利自己去实现并努力捍卫它。相信每个女孩都幻想或者期待过精致的生活，和优秀的男人谈恋爱，穿自己喜欢的衣服，动辄可以出国旅行，定期还可以请父母出国游。你的每一件衣服都做工精细，有可能不一定都是名牌但是件件都让你怦然心动。住在高档的公寓里，如果你愿意每天还可以开着小车去上班。周围的邻居素质都很高，小区的安全也很好，一派欣欣向荣的景象。最重要的是你折腾来折腾去卡里还有存款，你是一个小财女。这样美好的生活，或许可以通过一些渠道得来。

**第一，男朋友**。你赚的不够买品牌化妆品和包包，还要付房租，有可能会紧巴巴。如果多了一个信用卡男朋友就显得轻松多了，如果你爱他他也爱你就更好了；虽然没有结婚，在短期之内也是一个保障。

**第二，父母**。朝父母要钱，让他们支持你过优质的生活。如果你是富二代，一切都不是梦了，要啥有啥缺啥买啥。问题是我们大部分人都是普通女孩，出生在普通家庭，家里有可能还要靠你去资助，哪里有闲钱让你去浪费呢?!

**第三，做二奶**。这是一个对于年轻女孩来说想实现优质生活的捷径。但是如果你在20到25岁之间还有市场，如果过了25岁情况就显得不妙了，因为从25岁以后你的市场竞争力一年不赶一年了，像娱乐圈一样竞争激烈，永远有比你更年轻比你更美丽的女孩出现。你说二奶也可以有感情的，但是如果和平分手，不做小三小四的日子该怎么办，又碰巧年龄又大了，哪个寻常人家的男孩能接受自己的女友以前做过二奶呢？如果他不嫌弃，那么恭喜你找到真爱。如果他嫌弃你，你又要和一些好女孩PK了，竞争依旧存在。人在做，天在看。名声这东西一旦透支，可能永远都补不回来。你不怕被拒绝，你只怕有一天被喜欢的男孩拒绝。

网上曾有个帖子，是看赵星的书曾看到过的故事，是网帖

《我的舍友是二奶》。文中提到的二奶每天早晨六点起床，健身塑形，吃饭也只吃一点；每天会花费三四个小时护肤，每天都研究吃各种保养品，仔细料理自己的一点一滴，晚上被豪车接走。所以，不要觉得当二奶就容易，就算是天生丽质，后天的保养也相当重要。这就像《甄嬛传》里那些等着被抱走的小答应，要想出人头地，还得有几把颜值刷子。

**第四，你有自己的职场竞争力，靠自己的汗水和智慧赚钱**。你每月的工资除了固定支出、消费，还有固定的储蓄，你既能把自己过得体面，又很会理财。

所以，即使是作为女孩，我们也还是要自强的。你可能要准备好和亲爱的他过一辈子，也要准备好他随时会离开。如果有天他离开了，你依然可以承担得起自己精致的生活，这就够了。

**二十几岁女孩努力拼的好处列举（排名不分先后）：**

一、过精致的生活，用好的化妆品穿自己喜欢的衣服，你的钱包够你支撑精致的生活。

二、财富自由，人格自由。

三、体力脑力都跟得上，给大脑储备营养的智慧和知识，能接得住好机会。

四、很自信，敢对优秀的男孩表白。

五、为以后的小孩树立一个榜样，以后教育孩子有底气，也能给孩子一个好的成长环境。

六、给家人更好的生活，你有能力照顾他们，他们对你放心。

## 七、职业竞争力提高，不怕被淘汰，因为你足够优秀！

经常看到有很多人等到 30 岁的时候才会开始觉悟，非得等到 30 岁生日那天的时候才开始决定要改变，于是开始做一些真正想做的事情，生活的船长开始由自己担当。我的微信订阅号上，经常能看到一些人不知道人生该怎么走，然后希望我帮忙规划一下，然后很着急，觉得人生很失败。看他们辛辛苦苦写了一大堆的文字，我真不好意思拒绝，也会来来回回地苦口婆心。劝说听他们的留言，感觉人生已经很失败甚至已经走到了绝路。你问，究竟发生了什么事情呢？是什么事情让你如此的担忧？得到的答案大部分是已经 30 多岁了，或者已经 30 岁了，发现人生很苍白，这么多年过得稀里糊涂的，很后悔年轻的时候没有努力，等等。其实，30 岁没什么大不了的，如果你能活到 70 岁还有 40 年的时间呢，还有大把的时间可以去消费。如果你不去管张三李四的声音，40 岁开始谈恋爱，40 岁开始出国留学，50 岁开始上大学，都是很特殊的经历啊！为什么一定要和别人去比较呢？但是话说回来了，为什么要等到 30 岁才开始觉悟呢，20 岁到 30 岁有 10 年的时间都在做什么呢？这种犀利的话我通常不对别人说，因为我不知道别人的心理承受能力。我通常也会鼓励别人已经开始有想法就挺好了，有的人一辈子过得稀里糊涂的呢。

时间真的是一眨眼的事情，我们真的都该好好想想如何利用余下的时间去做点什么。不要等到年龄上纲上线，弯路试错成本都比较大的时候才觉悟。其实也不晚，只是心理负担会重些。因为越是年龄大周围越是出现该稳定了的声音，折腾啥啊？100 年后不还是一样的结果？我们的终点不还是一样？但是有些人这一辈子活得很尽兴，有的人一直在做别人剧本里的群众演员，看着别人精彩，两种人生是不一样的体验！我们必须找到除了爱情之外，能够让我们用双脚坚强站立的东西。尤其是女孩子，我们要做自己的女王，骄傲地挺胸抬头面对生活！

# 我们没有什么不同，天黑时仰望同一片星空

当你在暗夜里独自努力奋斗的时候，不要觉得孤独，你要想到，这世界上有千万个牛人正在跟你一起奔跑。你要努力奋斗想办法，和这些牛人打成一片。有一天你不仰慕别人的时候，你才会成为牛人。

——《新东方精神》

有阵子我住在中国传媒大学的宿舍后边，每天早上去上班路过江边的时候都会看见三五成群的学生已经早早开始练声了。一波大学生围绕在江边咿咿啊啊练声，也有三五成群的同学在演练话剧。那个画面真的是太美丽了，原来在青春的日子里付出汗水是这么闪闪发光。

仔细观察也会发现，总有 撮人认真喊着，也总有一撮学生站在远处和我一样驻足观看，他们在想什么呢？是明天早上也要起来去练习吗？看到这些孩子努力的画面我都会投

去羡慕的眼光，为我大学无数个插科打诨、吃喝玩乐、发呆看韩剧的时光捶胸顿足。那种在年轻的时光里大家为了一个目标一起努力一起付出的日子，四处散发着光芒。他们不在意路上行人们的眼光，认真地发声吐出每一个字。我在想，多年以后说不定会有一个年轻的新生代主持人回忆起曾经在江边练声的时光。

如果你觉得辛苦，总有人比你更辛苦；你觉得每天睡得少，也总有人会熬夜没觉可睡。我曾遇到过一位“四大”的审计经理，她坚持了8年，每年有4个月要加班到晚上12点，然后打车回家，第二天继续战斗。但是她和我提起这件事情的时候声音和语速都很欢快，丝毫感觉不到有怨言。

你注意观察，北京天桥上一些卖煎饼果子、北京早餐的各种小商贩每天都起得很早出摊。我家门口的煎饼哥每天都会在干活的时候放很嗨的音乐，干起活也特别有干劲的样子。我仔细观察过他家的生意永远比旁边两家好。同是煎饼果子，谁不愿意早上吃充满正能量的煎饼果子呢?！有很长一段时间我每天都要加班到很晚，晚上最后一个从公司离开，也总会有两个保安楼管过来让我签加班记录。我在想，这座写字楼有那么多家公司，他们每天在深夜要这样一间办公室一间办公室地做工作记录，人家就不累不辛苦吗?

有的时候我觉得自己生活在一个独立的星球上，我是自己星球的小王子。因为我一个人在北京没有什么朋友，有时候遇到难处连个诉苦的人都没有，确实会被孤独感笼罩。但更多时候当我晚上躺在床上看着窗外一轮明月和无数散落的星星，我也会觉得有很多我暂时不认识的和我一样为自己理想打拼的人他们也在注视这片星空。每次这么想时，便觉得没那么孤单了。

“虽然没有天生一样的，但在地球上我们是一样的。尽管痛的苦的没说的，但哪有一路走来都是顺风的。因为我们没有什么不同，天黑时我们仰望同一片星空。没有追求和付出哪来的成功？谁说我们一定要走别人的路？谁说辉煌背后没有痛苦？只要为了梦想不服输，再苦也不停止脚步！”

——《没有什么不同》

特别喜欢曲婉婷那首《没有什么不同》，那是一首充满正能量并能给人带来力量的歌曲。

如果现在的你也正处于不顺利的时期，希望你也不要停下追寻的脚步。只要我们不服输，就还有胜利的希望。大部分人的智商情商差距都不大，很多人也都是平凡的普通人。无论你是来自哪个小城市，我相信只要是在地球上就都不算小。因为我们生活的地球是圆的，不存在什么大城市和小城市之分。我相信就算是那些成功的人光鲜的背后也会有一些坑坑洼洼的不顺利。如果说我们真的有什么不同，那也就是每个灵魂对待生命的不同态度。就像是歌词里唱的那样：“每一天，每一年，都可以是新的起跑线，也可以是终点，看你怎么选。谁说辉煌背后没有痛苦，只要为了梦想不服输，再苦也不停止脚步！”

# 不靠自己靠谁呢

朋友圈里经常有一些朋友会问我一些我不太想回答的问题，但我还算善良，如果有些人问得比较诚恳，打的字数比较多，我也会回复。但有时候有些朋友的问题让我真的不想回答，因为这不是请教的问题，而是“懒”的表现。不知道这些朋友在工作中是什么样子的，遇到问题能否第一时间自己想办法解决。每当这个时候我也会反思我自己，有时候为了怕浪费自己的时间转而去问别人，以为这就是捷径，并暗自窃喜省了多少事儿。其实，到头来只不过是将别人的东西囫囵吞枣拿过来，也不过滤也不疑惑也不思考，实质上问题还是没有得到解决。这么做时间长了，会是怎么样呢？

第一，思考能力下降，凡事没有自己的观点。

第二，不懂得过滤杂乱的信息，别人说什么就是什么，照抄照搬。

第三，学习能力下降。

第四，在朋友圈里树立了懒惰的印象。

虽然有时候我也会请教别人一些问题，但是问之前我也会问问自己：“这个问题我真的解决不了吗？”从别人那里得到的答案我也会过滤一遍：“他说的真的对吗？”平时在工作和学习生活中我们会遇到很多问题，如果不学会尝试自己去解决问题而是通过问别人，成长速度一定是很慢的，起码自己解决的问题和答案会印象深刻。

微信订阅号后台，我也经常会收到一些对未来感到迷茫，甚至不知道怎么生活下去的朋友的私信，一般遇到一些写得很长的留言我都会回复的。因为曾经我也迷茫过，我知道这种孤立无援的感受。如果我当时我遇见了现在的自己，能够给一些建议，那该有多好啊！可偏偏是什么过来人都没遇见，自己硬是懵懵懂懂上路了。很早以前我就渐渐明白一个道理，就是问别人怎么办的时候，最好自己先问问自己这个问题能不能自己解决，自己有没有解决方案，或者关于这个问题我能做什么，把问题试着分解，然后再带着自己思考过的答案去问别人会不会更好一些。我努力从一些朋友一长段文字中寻找重点，大家通常在末尾都会问我该怎么办、下一步该怎么走。如果我仅仅从一段文字就给你指出一条康庄大道，这个和路边算命的老头有什么区别呢？算命的老头还只是预测未来会怎样，这些我们都无从考证对否。而我若是仅仅通过一小段文字就能指出一条未来的发展方向，这样的路你敢走吗？有些朋友，我试着了解他的具体状况。有的还把简历发给我让我帮着找工作，当我看到有些人的简历后，当时最大的感受就是：“哇，太棒了！如果这简历给我，一定能走得很好。”明明不错的背景，却还发愁自己的未来，起点虽然高但是却一直在路上散步。很多人都着急，都已经30多岁了，还找不到自己的方向，想转行到一个新的行业。这算是好的，知道自己大概想往哪里走。有的干脆什么都不思考，就跑过来问我该往哪儿走。说到底，是对生活和自己失去了信心。对这种本来不想理的信息，我还是回复的，但我回复的不是解决方案。我相信即使给他100种解决方案和发展路径，他也会有疑虑，因为这里遇到的问题是：少勇气和犯懒。

换一个新的行业，怕面临一些挑战适应不了。自己想转一个新的职业，懒到自己都不会去百度上查一查相关的资料。哪怕你通过各路亲朋好友找到做这个职位的人好好聊聊这个相关的业务场景，工作中会遇到哪些挑战，什么人适合做这个职业，自己这个性格的人到底适不适合做这个职业，这个职业的薪资状况……如果没人愿意帮你连接这样的人，只能反映出你人情商低人缘差；不愿意对朋友付出，所以遇到困难后没人愿意帮你。当今这个时代，我从来都不相信有人才会被淹没。有没有发现所有的问题都有解决办法？关键是你自己有没有试着解决，还是一直都在犯懒？

有的人说，适合我的职业有很多，我不能一一去尝试啊！我没有时间……

是的，有很多职业我们没有时间一一去尝试，但是大三实习的时候你在干吗呢？有没有一种职位叫管理培训生呢？你又努力去争取过吗？你的简历当时有做得比其他同学认真吗？还是随便写的？如果你错过了大三实习，随便找了一份工作然后稀里糊涂地过了几年，突然有一天开始着急，感慨过去怎么“噌噌”过得那么快啊？都没来得及好好思考，一转眼就到30岁了。该奋发图强认真生活了，这个时候已经没有时间再去尝试，也没有多少弯路可以走了，怎么办呢？着急有用吗？再说过去30年你终究是和自己生活的，有一种了解是别人无法体会的，因为他们没有陪你悲伤过、陪你笑过、像你一样迷茫过。最了解你的人还是你自己，已经和自己过了这么多年，自己的脾气秉性总该是清楚的吧！不愿意和人打交道，适合做销售吗？愿意和人打交道的人，适合做枯燥的工作吗？自己的优势劣势是什么，有认真想过吗？哪些职业你一想到就烦躁，哪些职业一想到就怦然心动，这些别人能知道吗？你有没有问过周围的人，有没有照过镜子反观审视过自己，看看自己在别人眼里是什么样的？所有这些都没做过，不是犯懒是什么呢？

一个人问的问题代表了他给别人留下的基础印象和努力。哪怕你做完一些性格测试题，自己试着解决了一些问题再过去问别人，都好过直接问别人怎么办要强得多！你适合做什么不适合做什么，即使做了很详细的前期准备，也有可能在尝试后有变化。那前期的工作就不做了吗？当然要做了，你考虑越周全，试错的成本越小。成功的人都在积极找方法和解决方案，常失败的人都在找借口、犯懒，没勇气迈出一步。人生会遇到大大小小很多问题，不能总是指望别人，怎么办？别人是没有义务帮你解决的，因为别人也很忙。很多事情不靠自己靠谁呢？再说，你问的问题自己真的尽力解决了吗？

汪涵曾经在节目里说过这样一段话：“面对困难无非三点，渡过难关，你有战胜困难的智慧；你面对困难，你有了面对困难的勇气；你绕过困难，你有了绕过困难的狡猾。”不要轻视行动的力量，遇到问题自己去想办法解决。哪怕你问的问题是经过你思考和实践后的问题，都好过什么都不做准备直接去别人那里要东西好得多，起码给别人留下的印象是爱思考的人，别人也会很愿意和你交流。不甘心的时候不要放弃，看不过就起来改变。所有好走的路也都是下坡。最值得靠的人不是自己是谁呢？

# 上苍特别选你，让你展示完，擦干眼泪继续努力

“上苍是特别选你，因为大家都认识你，知道你胆小、爱美、爱哭、怕痛，但是你又乐观。上苍让你受惊吓，逼着你展示勇敢。知道你会一直哭，让你展示，哭完，擦干眼泪继续努力！”

——《上苍选了你》

那天看《开讲啦》，Selina 真诚分享了自己因拍戏灼伤到出院的心路历程，90 天后，她终于在家人的帮助下走出来开始乐观地面对人生。那么漂亮的女孩，上苍却选中了她。“人生就是要乐观面对，不管有没有道理。”听 Selina 的分享，情绪会不由自主地跟着她走，好像自己也感受了一遍身体的伤痛历程。在拼颜值的娱乐圈，美丽是多么的重要，上苍却这么不公平地夺走她的美丽。让人感动的是，走了这一圈后，她坚强地站起来了，乐观地面对生活，她比以前更加懂得生活、更加

知道该珍惜身边的人。

有些事情怕什么好像就来什么，越是躲避越是遇见，想做个鸵鸟把脑袋埋在沙子里都会被别人揭穿。没有什么原因，只因为上苍特别选你，知道你一直会哭，所以让你哭完成长起来继续努力！过去20年里我都是很胆小、怕黑、怕虫子、懦弱、懒惰……我上课从来不敢主动回答问题，一黑天就会回家，无论在家还是北漂一个人的日子，安全感也很缺乏。

胆子小怕黑的小学，爸爸和奶奶住乡下，我和妈妈在城里。妈妈经常去医院加班，每次去就会迎接一个新的小生命，我也会替她捏把汗。那么小的我就会一个人在家照料自己，经常不敢关灯睡觉，躲在被子里也会回忆曾看过的鬼片，把被子捂得严严的。怕孤单，怕一个人面对。后来看着身边的亲人一个一个离我远去，曾想过要是妈妈某一天也走了，真的只剩下我一个人了，还有勇气面对这个世界吗？问了自己很多次，最后听到心底的声音：你要珍惜他们赐予给你的时间，好好体验在这世界上的一切，好好活着，没事就多找些活下去且变得有意义的理由。

我以前上学时从不敢举手发言，一说话就会脸通红。怕疼怕苦，但高中以前我都是个病秧子，六岁的时候就喝很苦的汤药，大过年还打着点滴，一生病就请假，一生病就会开始一次折磨。妈妈那时候刚做医生，在我的锻炼下针法越来越好。感恩的是，这些病的折磨没有严重的，都不是能要了命的病。总之，现在我虽然去医院还是会害怕，但是真刀真枪来的时候我的忍耐永远超出我的想象。只因为上苍特别选你，让你提前就经历了些磨难，也有了心理准备。

回忆我们过往的人生，那些当时很痛的经历像是一堂堂深刻的人生课。上苍也很公平，让每个人或多或少都体验感受，只是有的人体验得多有的人体验得少。体验多的人最后没有站起来，就会错失很多接下来本应该遇见的美好，而那些最后站起来的人自然感受到了其他的一些生命的瑰丽。上苍特别选你，让你展示完就擦干眼泪继续努力，因为还有很多美好也选了你，怕你看不见不珍惜，所以提前做了一些预演的安排！无论这辈子上苍给你安排了怎样的身体、怎样的家庭、怎样的经历，都该感恩他给你体验的机会，毕竟有些人或许连上场的机会都没有。

# 坐在前排的态度

从上学时候开始，我就一直坐在中后的位置，无论是按照成绩排座还是按照个头排座，我都稳稳在不前也不后的位置游荡。就是这样一个像空气一样存在的透明人，老师不管，父母也不抱多大希望的孩子，平凡了很多很多年，从来没有想过要引起别人的注意，很多事情连想想的勇气都没有。

曾看《把每一天，当作梦想的练习》这本书，书中提到了坐在前排这个话题，觉得很有感触。因为最近几年我比较大的一个变化是：参加一些活动或者培训开始坐在前排。我和以前不一样了，以前的我总是不喜欢和不敢冒头，总是躲在远远的地方觉得这样才安全，而现在我但凡参加一些活动一定会想办法坐在第一排或者靠前的位置。我开始不断地走出舒适圈，去挑战一些自己曾经的种种不敢。因为目标不同，所以产生的行动也是不同的。以前我害怕冒头是担心自己说错做错，担心自己的回答会让别人嘲笑，也担心如果我表现得很努力但是如果成绩再次考得没那么好会不会被人嘲笑笨，等等。但是随着时间的呼啸而过，我的脸皮越来越厚，内心越来越强大。我开始什么都不怕了，态度的转变让行动也开始变得积极起来。

那么坐在前排有什么好处呢？为什么要争取坐在前排而不坐在最后呢？让我们先来总结一下坐在前排的好处：

可以轻松地参与主持人、培训师的话题；

可以积极争取到发言的机会，进而让大家认识你，建立自己的品牌；

要听得很认真，因为老师随时可能抛出问题让前排的伙伴回答；

前排多半坐着重量级嘉宾，可以顺便认识一些朋友，扩大自己的人脉圈；

录音或者拍照都很清晰，前边没有遮挡物；

因为敢坐前排的人都是积极的人，你发言后会有一些人主动过来和你换名片，比较容易被关注；

活动上有问题，随时举手也比较容易被人发现。

坐在前排的好处真的好多，但如果坐在后排会是什么心情呢？首先参与度就不高，会想随便听听就算了。大多数人会浪费一些时间，因为不在状态，离开的时候也比较容易。

当然前排的位置有限，如果你想要得到这个位置，早去一会儿，因为不可能所有人都会抢到前排的位置。不过，保证积极参与的态度是必要的。只有积极地思考，主动提问，这样的记忆才算深刻，也不白白浪费一大块的时间。毕竟在你选择去参加活动的时候，已经决定消费这段时间了，既然已经决定要消费了，为什么不好好消费一下呢？

所以，你下次是不是可以考虑一下坐在前边一点呢？

# 良性循环的正能量生活

我的 20 岁到 23 岁，是灰暗的三年。情绪、状态、行为都是被害者角色。每次和朋友聚会，都是闷闷不乐的状态，每到晚上我通常听一些比较惨的歌，例如《不让我的眼泪陪我过夜》，然后听着听着就躲在被子里哭。爸爸的离开让我突然质疑人生的意义。这种生活像一个循环，当你选择让自己成为一个可怜的人，一个受害者，整个人以及周围世界都会形成一个负面的循环，像一个圆形的跑道，跑完了一圈后又开始了周而复始的一圈。当然，不出意外，通常也不会遇见什么美好的事情，因为接收美好雷达的天线已经在源头上被屏蔽。



2014 年和 2015 年是我挣扎得最凶的两年。猎头行业是一个公平的行业，但也是一个用结果说话的行业，想要活下来就必须有业绩。我最长半年没有出单，这时候离放弃和被放弃就不远了，但是不服输的性格让我选择再坚持一下。工作上无论压力如何，身体上如何疲惫，我仍然挺着写几笔，记录着自己的心路历程。2014 年 15 万字，2015 年 17 万字，虽然没有人给我发工资，也没有人给我颁奖，但是每天都还像打了鸡血一样在前进。因为不能熬夜，所以被逼养成了早起的习惯。我要说的秘密就是，在开始的跑道上就选择一条不一样的跑道，当逐渐形成一个正能量的循环后，整个人的生活和工作都会因此而改变。

某天，我在博客上收到了一位关注者的留言。

在 2015 年过年时，如你一般，写下了自己的 101 个梦想的清单。当初的豪言壮志，势在必行地承诺自己，要完成这 101 个梦想，不再浑浑噩噩地过这 2015 年。要完成我未完成的梦想。难道是三分钟热度？到了没多久，坚持了很久的事情，突然一下子停了，没了踪影，再也找不回来。以前我会经常来看你的博客、微博，还有微信，但就那一段时间，仿佛一切都停滞了。我不再早起，开始迟到；我不再看书，开始玩游戏；我不再运动，开始懒惰；我不再充满激情，开始萎靡不振；我不再……内心充满了太多的悔悟，每当听到这个同学结婚了，那个同学生儿子了。更悲惨的是发生在身边的事情，跟我一起的同学，如今已经有车有房，才幡然醒悟，原来每个人都在默默地努力着，只是我不知道罢了。但我很想知道的是，为什么有这么大的差距，为什么我就坚持不下来。我曾经也想过，如果我也如他一样坚持，或许我做得比他还要好。里旭，能告诉我如何才能长久坚持下去吗？

记得我有回复，给他留言。如果他能看到这篇文章，我就再认真地回复一下。要想形成一个良性的正能量循环生活是需要费点心思的，起码刚开始的时候是有些痛苦。这位同学和我之前一样都犯了一个错误，就是太关注最后达到的结果而忽略过程，对自己也太过于苛刻。我们是人，不是准时响铃的闹钟，是人就有可能受周围一切的影响包括自己。再说，是谁说的成功是养成早起的习惯并每天坚持？难道一次成功的早起不算是成功吗？不该为自己鼓掌吗？自信就是在一次一次给自己的鼓励中支撑起来的，没有一次一次的加油我们如何撑得起来并长期形成一个正向循环的生活呢？他的问题出在心态上，一开始出发的时候内心就是烦躁的，又怎么会收到喜悦呢？再说，那些让你坚持不下去的梦想或许就不是你的真爱。如果是真爱是你只要想起就会怦然心动的想要去做的事情，又怎会对它们不理不睬呢？很多人都把别人的梦想张冠李戴到自己的人生里，而自己这个却没怎么真正关注过。



我身边有一位朋友，每次我和他说一些开心的事情，他也都会手舞足蹈地和我叽叽喳喳讨论。但是每次我去和他抱怨一些人和事情，他的话就很少甚至不太愿意和我聊天。后来有一次我得知，他从来都不抱怨任何事情，所以每次见到他就像见到一棵向日葵一样，你会看到一个人从里到外的干净明亮和清澈。我粗浅地把我们自己的世界归结为人事物，从这三方面每天一睁眼就开始了接收信号。例如，早上的起床歌你听的是《泡沫》：“全都是泡沫，只 刹的花火；你所有承诺，全部都太脆弱？而你的轮廓，怪我没有看破，才如此难过……”就算是不特意想起伤心的往事，情绪也不会高涨到哪里去；万一回忆起初恋，碰巧初恋又很疼痛，那么这一早上心情就以悲伤开启。或许听到的是《壮志雄心》：“路上再多崎岖，我有壮志雄心，就算跌倒也不在意。世上再多风雨，我有壮志雄心，勇敢面对不会逃避……”说白了，歌词唱多了就会自动地给自己洗脑。

这些细节的负能量细菌会无孔不入进入我们的身体和灵魂。例如，有一个经常在微信上向你抱怨的朋友，有时你会被他带入他的抱怨的世界。因为毕竟每个人的抵抗能力不同，负能量的信号接收多了，自己的能量就会慢慢降低。面对这样的朋友，细数这么多年在我生活里逐渐消失，倒不是我不理他们，而是我们的关注点逐渐差别太大，共同话题越来越少，于是逐渐疏远，于是许久都不联系一回。于是你会遇见一些新的和你一样的灵魂，有时候刚认识一天就熟得像认识了许多年的旧友一样，因为两个人身上的共同点很多并彼此互相吸引。

如果你选择遇见美好，就尽量不要被一些负能量的东西控制住，例如歌曲、视频、朋友等。你不是不理他们、排斥他们，而是花更多的时间去浪费在一些美好的事物上，带给你正能量的事情上。多多接收一些正能量的人事物，慢慢把自己的生活形成正能量的循环，带自己去迎接更多的美好。

# 37 万的象牙塔世界

最近开始整理了来北京后写的文字，所有形成文档的文字一共 264 篇达 37 万左右的字符。

整理完我自己也被自己吓了一跳。一直在低头走路，偶尔抬抬头却发现已经走了有一段路程了，更荣幸的是，我自己已经准备好了可能会练笔十年才会有露脸的机会，没想到在奔跑的第三年就很幸运地争取到了一些上场的机会。

当我开始决定要出发，决定把出一本书作为自己目标前行的时候，我把自己的想法和身边的几个朋友分享完，立即得到了不同角度的反对和严厉的批评。有的人觉得我不切实际，异想天开。你若是出书，你能赶得上莫言的水平吗？还有的人说，你为什么不等自己阅历丰富之后再写呢？…… 听到了不一样的声音后我很伤心。这种感觉像是再次回到了初中时的课堂上，有一个老师当众羞辱和批评我写的文字，让我觉得我坚持自己想做的事是件不靠谱的事情。我听得见我的脸碎了一地。这次也是我企图把碎在地上的理想一片一片再捡回来又再一次被打击。不过现在的我已经不是当时那个不堪一击的小孩，我的内心足够强大。我决定我要做的事我就一定要做，谁都不能阻拦我去捡起自己的被摔碎的尊严。莫言老师我是无法企及，甚至努力一辈子也无法够得着，但是那又怎样呢？这些都不能阻挡我坚持文字记录的梦想。同时，我是可以等到中年再开笔记录自己的过往，那样更有内容更有分量，或许也更符合社会的所谓标准：出书是成功人士才配做的事，作为社会边缘的人出书是没有什么看点的！但是，我知道自己的资质，如果真要等到中年才配出书，那么我从现在开始努力，争取只要有时间每天就写几笔，这样走到中年更有社会地位的时候文笔不也是更好吗？所以，我带着这样的想法开笔，并一路坚持了下来。

当你坚持做了一些事情之后，首先收获的是从容和掌控感，是对自己人生的一种从容心态。我不再像以前一样质疑自己的韧性，因为我看到了我的坚持。我也开始逐渐相信既然在这件事情上能坚持下来，其他的无论什么事情都是可以做到的。偶尔的一些小懒惰也不会慌张焦灼，因为你已经见识过了自己的坚持，心态开始放平，开始不急不躁，相信一切事情都是坚持到最后发生的几个偶然。我相信上天一定会为一个不急不躁的人准备特别的礼物，而你只需要静下心来慢慢来。

大部分时间我都快乐地生活在自己构建的象牙塔里，而文字就是我用来构建象牙塔的砖瓦。有些朋友走进我的生活，然后又走开，来来回回身边换了很多人。而当我有了写字这个爱好以后就不再感到孤独，孤单寂寞的时候我还可以通过这窗口赶走烦恼。写字带我发现了另一个世界。我给自己定的目标是1000篇原创文章，但是对于最终要达成的目标并不是急哄哄去完成。我希望从0到1000篇文字之间都是当下认真的记录，等到真的码字到了这个目标，也一定要好好奖励给自己一份特别的礼物。我相信到了80岁如果我哪里也去不了的时候，偶尔读读自己年轻时候写的故事，那也算是一件非常幸福的事情。即使记性不好，也将沿途的风景记录在册。曾经的那些漂泊日子已经成为最美好的回忆，每一日都像一集集电视剧定格在脑海里。

“有些人之所以不断成长，就绝对是有一种坚持下去的力量，好读书，肯下功夫，不仅读，还做笔记。人要成长，必有原因，背后的努力与积累一定数倍于普通人。所以，最关键还在自己。”

——杨绛

我也始终认为，只有不断坚持下去才可能有一些质的爆发。我也很享受在坚持的整个过程，因为这是我真正喜欢的、热爱的，不单纯是为了世俗所定义的成功。不汲汲于成名，即使没有人给我颁奖、没有人关注、没有出版社为我出版，我都会坚持下去，直到变成生活的一个不可分割的部分。多培养几个自己真正热爱的爱好，也为生活增添几道风景，难道不是好事吗？

【四】

# ·用时间打磨猎枪·

# 开启猎头职场之旅

## 我想去真的猎头公司看看

记得面试那天下午我穿着挺幼稚的，亮粉色短款羽绒服配牛仔裤。在栋栋楼宇之间东找西找后，终于找到那家要面试的公司。一进门，看见很大的 LOGO，我对了对要面试公司的名字，不是这家？可是明明是这个地址！后来才明白，我们那家猎头公司是和他们拼租的办公室。公司只有 5 个人的规模。一进办公室很快就被老板吸引了，英国留学背景，30 几岁还算年轻，以前著名餐饮企业 HRD 出身，再加上在英国留学熏染的绅士风格，很热情很 open 的气场，迅速轻松弥补了只有 5 个人简陋的现状。而我当时又没见过什么世面，自然是很快就被他感染。我因为不满足做一个公司小行政，于是裸辞，遇见了这么一份有挑战的猎头工作，还能和高端人士接触，觉得提升肯定很快，也很想加入这个创业的团队。



HRD 老板说："做猎头，你要很懂业务，要知道这个职位是具体做什么的，但也不用非常精通。要不然，你就去做这个工作了。我们这儿有一个 90 后的女孩，非常努力，才一年的时间，业绩就有 100 万了；一年学会了普通话和英语，现在可以和候选人进行英文沟通！"当时觉得真挺励志的，这种发生在我身边的故事反而更能触动我。我不敢承诺可以做到和她一样，但起码给了我一个可见的努力方向。我也想做猎头，就像她那样！我们聊了很长时间，我仿佛突然有一种要一直好好和他干的冲动，甚至未来五六年都不想换工作了，这么干也算和老板一起创业。一想起创业，我又开始兴奋了。他说："未来 10 年我只做制造业，我的团队都专注在制造业，那样以后就没有人可以和我抗争了。”当时我确实被他这个宏伟的志向触动，正确说那时候的我只要有一点曙光都很容易被触动，一种终于找到组织的感觉。而后，他问我：“里旭，你确定要做猎头吗？你想好了吗？猎头可是一个比较辛苦也比较有挑战的工作。”我的回复当然是：“确定的。”于是，我就在这个偌大办公室里面狭小的一块区域里开始了第一个小段的猎头之旅。

上班第一天，我接到一个著名压缩机外企的“采购工程师”的职位，我开始兴奋开始激动也开始慌张，因为不知道该怎么入手，也没有人培训告诉我该怎么做。问旁边的 90 后男孩，他是怎么找到人的，结果发现他每日最多的工作是在论坛里寻访，去和不同的人聊。按照这种一个月推荐几个的速度我早被后来的公司开除了，那时候我们一个月推荐几个都很正常，也没有考核标准，所以在这家猎头公司我把他形容为全体在打酱油。那个 90 后牛人妹子，第一天把我叫到会议室，说是给我讲职位，但醉翁之意不在酒。她义正词严地对我说：“我不知道老大为什么要招你进来！”然后一副不屑的表情问了我一些问题，之后还是很专业地讲解了职位和客户的相关情况。90 后很凶，每次问她问题都是一副这个你都不知道的表情，强势的气场让人难以接近。她是公司的红人，一年的时间，英语普通话都练得很好（她是蒙古族），去年的业绩据说是 100 万。她和我们描述她的第一年艰辛的猎头历程，如最开始寻找了 100 多个网站，最后总结出那么几个网站，至于是哪个也不和我们分享。她描述的猎头生活让我觉得五光十色又很空洞，今天和哪个候选人在哪个地方吃饭了，明天哪个 HR 又要出差了，后天哪个高层又出国了，她又准备去国外旅游，还有突然某一天被抢劫包丢了，等等。而我们推荐的人也会以各种理由回绝，然后又一副盛气凌人的态度回到自己的座位。就这样，我到的 3 个月后，突然某一天，她说她要请假，那天正好是 2013 年 4 月 1 日——愚人节。她请假后老板开始对接那家压缩机公司的 HR。后来她走的这一周，我发现了很多关于职位的疑点，例如她说这边的采购负责人是个 40 岁的德国人，而我通过候选人了解到根本就没有什么德国人，而且我了解到的部门架构和 90 后描述的部门架构一点都不一样。这到底是哪里出了问题，我也很疑惑。

谁知，不久后的一天谜底就这样被揭开了。一天周日的下午，我惊喜地找到了一个考虑机会的采购经理，背景很好又很看重机会。我抱着电脑准备去公司加班。一进办公室，发现老板居然也在，他对我说："里旭，不用找人了。90 后是个骗子，我们根本就没有签下那家客户，这大半年我们都白忙活了。而且她的手机现在也打不通了，我准备报警。"听到这个消息后我第一反应是："愚人节惊喜吗？这也太有戏剧性了！"后来得知事情是这样的：她来公司一个月后说自己有客户；后来，接二连三签下了两家客户，一个是压缩机外企，一个是汽车零配件的外企。在公司半年的时间内经常看看小说、逛逛空间，偶尔和 HR 对接也只是自己给自己打空电话。出去见客户，估计是出去玩了。而那些入职的候选人包括名字、惊心动魄的入职过程，都是自编自导自演的话剧。我们推荐的候选人自然也石沉大海。而这么做是为什么呢？最后临走请假时借了同事很多钱，过年老板给 HR 送的礼她都变现进入自己腰包，前前后后入自己账户也不过几万块钱，却需要每日尽心尽力地演这么一场百万猎头顾问的戏，真是辛苦了。她不是真正的猎头，她是个骗子。这家小公司成立半年，最后倒闭的原因，居然因为一个90后丫头。而那么多家猎头公司，这种事情百年不遇，也居然被我碰上了。因此，猎头公司到底是什么样子，激起了我的好奇心，我一定要去真的猎头公司看看到底是什么样子的。我要做真正的猎头。这件事情和一些朋友讲起，他们都觉得我在说故事，但是这真的是真的呀！这家猎头公司宣布解散后，2013年9月我入职了一家还是比较新的创业型猎头公司，虽然还是创业公司，但是老板之前经验丰富，也有一定的工作经验和阅历。

我把每一段工作经历都看作成一段旅程，无论你看见了哪些风景都是值得回忆的。虽然我的猎头之旅一开始就走了弯路，但正是因为这样，我才更加珍惜后来的一切。后来不管职位多难做，都不会抱怨，反而更加感恩当下遇见的一切。

### 无论如何都要选一家上班了

接下来有将近5个月的时间我都在找工作，我陷入最长的一段择业的迷茫期。愚人节过后我开始不停地面试猎头公司，我一面很想要去挑战高工资有弹性的公司，但是一面又被猎头公司的一些KPI和一些工作的方法暗暗排斥。工作越找越迷茫，早知道这样还不如接了第一个公司的offer，老板变态就变态吧，每天10点多开会就开吧，总比赋闲在家要好得多。

于是，很快我确定了一家刚成立2年、员工10人，老板大外企出身，最重要的是有汽车制造业。我拿出了自己总结的所有汽车公司的资料给他看（一个厚厚的文件夹）。他问：

"金融做吗?"我说:"没兴趣,我要做制造业",他立即说:"好,我们有制造业。"我问:"带我的顾问做了几年?"他说:"9 年,经验丰富。"按照我当时的能力也就能问出这些,蜻蜓点水般决定了自己的工作,因为我要生存。当时在家赋闲,我立志做汽车行业猎头。

上班第一天,却接到一个手机模切行业的"销售经理"职位,当时老板坐我右边和我讲完职位后不久便问我:"找到人了吗?"我当时感觉像面试一样紧张。我的执行力还算快,很快找到了一份觉得合适的简历给他看,他左点右点,指出了这个简历的一些情况。然后我直接问:"怎么可以更接近一点?"他看了我一眼,貌似对我还算满意,不管怎么样,态度是端正的。

我对那个老板是感激的,因为在我温饱快不能解决的时候给了我一个机会。虽然成长没那么快,对我是一个很好的过渡,通过这半年多的猎头经验,我明确了行业方向,不再坚守做汽车猎头。而且从他身上我学到了 Elegant(优雅)。有一次我们公司 10 人组成一个团去新马泰旅游,在泰国早餐是很丰盛的,我的胃口特别好,会吃很多很多,所以盘子里我就会放很多种,然后去拿很多盘。但是这位绅士只拿一盘,吃完再继续拿,他用过的盘子仿佛没用过一样干净,再看我的盘子,只能用贪心来形容。他和我们说:Elegant!意思是吃多少拿多少,吃完再拿。这种绅士风度感染到了我,偶尔想起还会督促自己一下:嘿,Elegant,别吃太多,妹子!



## 我相信不出单的日子一定能挺过去

接下来上班后将近半年的时间里,我只出了一个 2 万的小单，然后就一直过着担惊受怕怕被开除的日子。但那半年我养成了早起的习惯，每天都早早出现在办公室，所以老板对我的印象很好，偶尔也会在别的同事面前夸我勤快，早上很早就开始工作了。

那段时间偶尔会和猎头朋友聚会，发现大家都在处于压力崩溃但还是坚持的节奏，过年回来的几个猎头都还没有出单。猎头这个行业，不出单是一件非常危险的事情。尤其是外企，无论你之前的成绩多么优秀，3 个月不开单可能就会面临拜拜的场景。我身边一个猎头朋友说他们公司有一个女猎头顾问，以前是一家知名猎头公司背景，业绩做得不错也很专业，去他们公司 3 个多月后最近就被离开了。她其实也开单了，但都是几万的小单。我当时站在这个全球人力资源排名靠前的外企办公室，深深羡慕地吸了一口气。她还有被开除的机会呢，我进来都费劲。华贸中心，办公室的视野非常好，放眼望去可以看见远处高楼耸立，干净整洁的办公室唯一的缺陷就是感觉有点缺氧。我这位同行朋友非常优秀，英语硕士，学习能力很快，我们一起去参加一个跳槽沙龙同样都是记录，结束后他总是能说得条理清晰。他不需要再浪费时间总结，还加入了自己的理解补充，下一个计划是打算开一个跳槽的小型培训课。这么一个优秀的人也面临着业绩的压力。其实我是有些羡慕他的，从过年回来到现在我也已经 4 个多月没有出单了，我们同处于不出单的境遇。

接下来很快我以为我快出单了，一个 IT 系统集成公司的华北区销售总监职位，年薪 30 万起。我推荐的人很快进入复试，最后见了总经理，闲聊时同事们都过来恭喜我终于快修成正果。但我心里依旧没底，即使是成功上班，如果没过 3 个月试用期，还是觉得没谱。猎头行业真的需要一种超级好的心态，任何时候都要保持沉着、淡定、乐观，又能随时救火，因为你不知道下一秒会出现什么状况。上周三晚上候选人给我打电话，和我汇报了当天面试情况，他越说越激动，后期已经出现 MD 的字眼："他们太有意思了，上来就和我谈薪资，告诉我这个职位年薪能给到 15W，每个月工资 6K，到手后大概 5K。这是招大学生吗？我现在到手都 1.8 万了，这是销售总监的待遇吗？太可笑了。那个领导真是，还拿个计算器在那儿和我算。你知道这件事情吗？我现请了一上午的假，还做了他们留的作业！就这个职位还用请猎头吗？"我故作镇定地回应："他们可能没搞清楚你的薪资情况吧，5K 的职位我们是很少做的。明天我和企业那边了解一下情况，然后再给你一个答复，好吗？"第二天到单位，才知道这家企业销售发的都是五五年薪包，很多人都接受不了，这 15 万里，有 7.5 万是绩效，要年底完成销售指标才发放。因为刚做这个职位，所以对职位的信息了解得不够全面和详细，以至于到谈 offer 的环节才知道他们是五五年薪包的制度。这就是经验欠缺和不认真的表现，哭死都没有人会同情。

明天依然要继续，面对恐惧最好的办法就是直视它了！我相信不出单的日子一定能挺过去！

# 我想去互联网行业做猎头

因为不太喜欢制造业，想去挑战互联网行业。2014 年 6 月，去西塘独自旅行了一周后加入了一家老牌的互联网基因很强的猎头公司，从那以后没变过。

刚进公司不久，邮箱里忽然弹出来一封群发的邮件：“今天是在公司工作的最后一天，考虑到个人发展，后续会从事 HR 工作，相信在这个领域里，我还会和大家共同奋斗，肩并肩前行。记得以前和同行的人聊过，他们管进入企业叫‘上岸’。上岸这个词挺形象，就是说不用在水里漂了……”这是我刚到新公司的第五天，这个同事跳槽去了一家大型互联网公司做内部招聘，而我算是也正式踏入互联网行业的猎头。我理解的“上岸”就是走到你心中的彼岸职业，不断面对挑战，最后达到你心目中的高度。

刚刚进入猎头行业时认识了一个男孩，有一天他从 QQ 突然出现，要和我交换企业通讯录。我对他刮目相看，心想："哦，原来还可以这样呀，不用自己傻找傻找的。"后来我加了很多 QQ 群，通过这种方法认识了很多同行。又有一天他告诉我他要离职了，我问他去哪里，他说去 A 猎头公司。我疑惑地问他："你为什么去 A 猎头公司？"他说："我不知道呀！"我问："你知道他们公司的氛围吗？非常狼性的团队，你能适应吗？"又过了几个月，我在 QQ 上遇见他："嗨！你在 A 公司做得怎么样？还适应吗？"他说："我不干了，我觉得做猎头太辛苦赚钱又少。"从此之后他消失在我的朋友圈。猎头本来就是很辛苦也是很有挑战的工作，有的人来了、有的人走了，也有的人选择转做企业的 HR，发展路径大体上差不多。

有的人觉得做猎头辛苦，天天拼了命满足企业甲方 HR 们的需求，找了很多人有时都不见得满意。以为进了企业做了 HR 以后会轻松很多，但是进了企业后才发现或许不是自己想的那样。猎头可以这个职位找不到人或者这个客户不想做大换另外一家客户继续支持，但是 HR 却不能换啊！HR 面临再难的职位也要找到人，每次开会老板还会挑战你招聘的进展情况，若是你迟迟招不进来人，最后的后果可能会很严重。进入企业后，即使是专门负责招聘的 HR 也不能保证每天的寻访时间会很多。不像猎头每天的专职工作就是找人，企业 HR 要做很多日常的工作，招聘只是其中的一部分而已。

所以，知道自己要什么很重要，这样才不会有迷失。不管前方的雾有多大，你都不需要人带路，因为该往哪儿走你心里已经很清晰明了，剩下的只是面对挑战最终抵达你心目中的圣地。

你“上岸”了吗？

### 尝试才能检验出自己是否喜欢和适合

身边有一位猎头同行最近面临换行业，他聊了一些行业内比较牛的前辈，在选择公司上也是拒了很多 offer，把一些 HR 气得半死。这是他一贯的作风，选择上一家外资企业的时候也是如此，把一些 HR 气得吐血。当时认识他时我正处于职业混乱撞山期，不知道自己该选择什么，看见他给自己做的职业规划路径就觉得自己弱爆了。每次看见他都觉得特别的鸡血，连出地铁后都用快走的方式回家，估计是赶快回去学习充电去了。当时他选择了制造业，我问他，为什么会选择制造业？记得他回复制造业比较稳妥，不会受大环境影响太多，而且读完硕士都已经老大不小了，现在更不能随便选择，一副胸有成竹的样子。两年后他面临转型的困扰，从制造业转到互联网，而我这时也已经转到了互联网行业一段时间了。

有一天他突然打电话过来问我几个一瞬间脑袋空白的问题：“你做了一段时间互联网行业，你觉得最大的难点困扰是什么？”还有诸如此类很宏观又很抽象的问题。我回答得并没有让他特别满意，他开始急躁，嘲笑我啥都不知道。过了几秒，我开始揭穿他：“你不就是怕失败吗？你担心这个担心那个，为什么不去尝试一下做两个月互联网行业看看呢？你问那么多人，都是别人的答案，都不是你的选择！”他说：“我要是像你那个年龄我试验几个月都没问题！”可是，这和年龄有什么关系，无论什么年龄都应该不怕选择不怕失败不怕挑战啊！其实我是想说，两年前你选择制造业觉得自己特别精准，觉得自己分毫不差，现在不也重新选择行业了吗？如果你刚开始就选择互联网坚持两年，说不定比现在更成功呢。正是因为选择才能做比较，尝试才能检验出自己是否喜欢和适合。只有我们勇敢尝试后才会了然，当然别人的意见我们可以也听听，但判断还是要自己去做。永远保持这份不怕动荡、不怕转机、不怕突然的心态，我们不应该受年龄等其他限制的影响。

# 猎头第一年和第二年的心路历程

## 猎头第一年的心路历程

2013年遇到了一份让我怦然心动的工作，它就是猎头，像是在海上茫然独自划行了许久之后看到的一座闪闪发亮的灯塔。

我记得曾面试过一家公司的考官，她是一位有近10年经验的老猎头。她问我：“你的第一学历是大专，你不觉得有什么……”我的回答让当时的她和旁边的同事都惊到了，尤其是他旁边的同事，笑出了声音。我说：“我还考上了一个大专呢，万一没考上岂不是更惨！”那个阶段面试是我一直在逃避的阶段，身体虽然在大步往前迈，但是心里也会害怕，因为我知道这个行业竞争很激烈同时节奏很快。我一面害怕自己做不到，一面又开心找到这样一个行业和职业，然后我越来越发现自己还是很适合做猎头：脸皮超级厚，有目标导向，懂得从对方角度思考问题。

做猎头的上半年，做的行业比较杂，做的职位也比较杂，几乎经常接触一些新的职位。行业跨度上也比较大，一会儿制造业，一会儿 IT。后来，我了解到身边的很多百万顾问（年业绩 100 万的顾问），几乎 90% 的人有这么一个特点：他们在职位的选择上很专一。怪不得雷军诠释互联网会说：专注、极致、口碑、快！大家都在谈专注，因为只有专注才能越来越精准和快。所以那时我便明白，猎头想要做得好，需要专注。

正式进入猎头行业是 2013 年 9 月，入职一家 10 人的猎头公司，3 个月后出了一个 2 万的小单子，帮一个汽车制造业的公司入职了一位焊接工程师，有了一点点信心。这半年其实过得特别煎熬。当你特别着急想做成一件事情的时候，如果就只剩下着急了，等于说什么都没干，没在努力的路上奔跑。在做的过程中我发现自己不喜欢制造业，新闻和知识学不进去，自己是一个比较喜欢新鲜事物的人，在行业的选择上还是要选择自己喜欢的。于是，下半年我决定投身互联网行业。这个选择是正确的，现在我几乎每天都去浏览新闻，并且很愿意去看，感觉自己在与时俱进。所以说，早日找到自己喜欢的行业还是比较重要的，千万不要在一条错误的道路上坚持，那样一定走不到心目中的目的地。

后来转做互联网行业猎头后，才逐渐有了一些成绩，但还是会偶尔着急，因为我太想要早日成为一名专业资深的猎头顾问。可是着急有什么用呢？人不还是得一个一个沟通，一个一个推荐。于是一面着急，一面安慰自己安静下来，踏实稳重些，只要每天都进步就行了，时间会证明谁更拼的。于是开始去学习时间管理，优化自己的时间，周末参加相关的培训沙龙，每天早上做今天的计划目标，等等。后来只见我每天下班后都是很晚，最后干脆搬到公司附近两站地铁的住处。下半年最大的感触是：如果没有明确的目标，很难成事。不管公司定的 KPI 是怎样的，还是要不停地学习的。即使做得成绩很好，也得沉淀下来好好学习行业知识、人力资源知识等。

我的猎头第一年是急躁的一年、茫然的一年，故事刚刚开始的一年。但是无论如何，感恩遇到这样一份工作，因为这份工作认识了很多可爱的朋友。我相信终有一天我们都会成为一名专业的、资深的、顶级的猎头顾问，而我们需要做的只是把认真坚持的自己交给时间！

## 猎头第二年的自我对话

### 当初为什么会选择猎头行业？

坦白说，是走投无路时的选择。当时北漂刚好两年，找不到方向，刚刚裸辞。上份工作是行政助理的工作，平时会做一些招聘的工作，本来想往 HR 方向走，但是面试的时候无意间接触猎头这个行业，好像在迷茫中找到了一座灯塔，它充满了挑战，正好符合我当时的需求。本来讨厌自己整日无所事事的样子，突然遇见一份特别忙的工作，特别感恩。还有一个原因是，过去这么多年都没有认真学习过，而猎头行业刚好是需要疯狂学习的行业，很符合我的需求。我觉得年轻的时候最好经历些有挑战的工作。

**听说猎头行业压力很大，面对压力你是如何做自我调节的呢？**

压力是挺大的，也非常具有挑战性。不过，我是那种即使外界不给我挑战，也会自己找挑战的人。我觉得只要自己努力到位了，即使没有成功，也会释然的；最怕的是自己没认真到底。工作压力很大时我也会适当对自己好点，做一些自己喜欢做的事情，例如平时为了减肥可能不吃甜品，偶尔放纵一次自己也是很开心的。有时我还会表扬自己的进步，拿过去那个阶段的自己和现在比比，就会发现其实自己是在进步的，不吝啬对自己的鼓励。

**工作中最糗的一次经历是什么？**

刚开始打 CC 的时候，我冒充认识一位员工打进公司，电话里特别自信地说认识这个人，前几天还通过电话；但是被人家当场揭穿，性别称呼搞错了，明明是个男的我斩钉截铁地说是某小姐。当时我的脸忽然发热，心怦怦跳，恨不得马上钻到地缝里。

**如果再重新让你选择一次职业，还会做猎头吗？**

如果再让我选择一次职业，我希望能早点做猎头，说不定现在早就是猎头百万顾问了。不过没有之前的波折和迷茫，现在也不会这么珍惜工作机会。在我一入行的时候，我就知道未来十年可能都会在猎头行业，有一种终于进对行的感觉。也不是说自己多适合猎头行业的工作，而是对这行的热爱，对成为一位专业资深猎头的渴望程度很强烈。找到一份自己热爱的工作很不容易。我相信一个人如果十年都在一个行业里沉淀，一直保持这份热忱，一定会成为很厉害的人。

我非常欣赏日本寿司之神小野二郎的职场精神，他说："一直重复同样的事情，以求精进，总是向往能够有所进步。我会继续向上，努力达到巅峰。但没有人知道巅峰在哪里。即使到我这年纪，我就是爱捏寿司。"我也要向小野二郎学习，一直专注在自己的工作上。

**未来3年的规划是什么呢？还会在猎头行业吗？**

我了解到这个行业业绩做得比较好的顾问都是专注在某一细分领域做某一职能的。未来3年我也想专注在一到两个职能上，能成为某一细分职能的专业级职业顾问，能给候选人一些专业的职业建议，不仅仅是有保姆的周到，也要有将军一样的视野。

**最有成就感的一次经历能分享一下吗？**

最有成就感的一次经历是帮助一位候选人成功选择职业。这个公司他很久之前就想去了，一直在等这个职业机会。而我刚刚经历上个候选人拒 offer，感谢当时的自己没有放弃这个职位，一直在坚持寻访和推荐，最后经历了一些波折，顺利地完成了这个总监级别的 case。现在他工作得很顺心，工作是他想要的，他也比较感激我，我们已经是朋友了。这次的经历给我的感触是，猎头工作真的很有意义和价值，有的时候真的能帮助到别人。也要感谢自己一直在坚持，坚持真的很重要。

**你眼中优秀的猎头顾问是什么样子的？**

一、懂人性。

二、懂行业。

三、给出有建设性的建议，思想要有前瞻性。

四、目标感强、抗压性强、执行力强，乐观、爱学习。

**你是怎么看待外界对猎头职业的负面评价的，如“挖墙脚”的？**

外界对猎头行业有负面评价同时也证明我们还有上升空间。这个行业本身就比较新，所有从业人员也比较新，被人质疑是很正常的事情。外界越是质疑，我们越要努力。想在猎头行业混日子，是混不下去的。我们每天都在压力状态下前行，这也说明我们在快速成长。有负面评价也代表着行业的知名度有提升，刚起步的时候我们还要向别人解释猎头的工作是什么，现在我们只要努力变得越来越专业就可以了。未来 10 年，我相信猎头行业一定会变得很成熟，行业也会越来越规范起来。

**用几个关键词来形容猎头你会想到什么？**

狼、保姆、教练、将军、职业规划师。

**你怎么看待猎头行业未来的发展？**

这两年我觉得赶上了做猎头的好时代。尤其是从业在互联网行业，会感觉到企业对人才的需求直线上升。我们的客户中也多了些创业公司，这是一个全民创业的时代，猎头行业也在不停地变革和规范化。我非常看好猎头行业未来的发展，我想留在这个行业慢慢见证奇迹的产生，未来这个神秘的职业一定会成为很多大学毕业生首选的职业。

**你理想中想从业的猎头公司是什么样的？**

其实工作环境、规模都不是最重要的。我觉得身边如果多些努力的人一起工作比较有意思，只要大家的意愿够强烈，什么困难都能克服。

**猎头第二年，你的心态是怎样的？你的烦恼又是什么呢？你想对第二年的自己说什么？**

猎头第二年我进入了互联网行业，我发现我很喜欢这个迅速发展的行业。记得之前做制造业的单子的时候总是不愿意看这方面的新闻，但是互联网的新闻却很喜欢看，说明对这个行业的知识感兴趣。兴趣是最好的老师，当你觉得难的时候，有兴趣就能支撑着你走下去。第二年我开始经常性加班，经常是干到周围伙伴都离开后关灯走人。

第二年我烦恼的仍是：效率、专注、沟通、面试。这四点和大大小小的问题整天包围着我，但是心态比第一年要好得多。第一年光顾着浮躁了，第二年好歹在一直解决问题。我相信只要我把问题一个一个解决，离资深专业猎头就不远。

我想对第二年的自己说：我有看到你的成长，你的努力你的付出一定在潜移默化让你变得越来越专业。你要相信所有的时间都不是白白浪费的。我希望你继续保持入行第一周的热忱，谦虚、认真、快乐地度过每一天。你没有在工作，你在做你喜欢做的事情，坚持一万天之后一定会变得不一样！

CC：Cold call（陌生电话）。在猎头公司，新入职的Researcher通常要为了某个职位打大量的CC（Cold call），用于了解行业信息、目标公司架构，搜寻合适候选人。

KPI：Key Process Indication（企业关键业绩指标）

## 无间道趣事

**悄悄走进产品经理的世界**

有一天我和一个培训机构的课程顾问聊一个产品经理培训课程的报名情况，我内心暗暗告诉自己：这次可不能暴露自己是猎头这件事情，万一人家不让猎头参加，可怎么办？QQ 上和课程顾问咨询课程情况的时候，没想到刚聊两句她就快速说出我的名字：“我知道你，我关注了你的微信公众号，你是猎头！”这种感觉就像玩杀人游戏第一轮就被戳穿是杀手一样。虽然自己以为演平民演得挺像的，被戳穿的时候真是尴尬，背后一阵发凉。于是我立马痛下决心保证：“我不是去挖人的，我真的是去学习的！我要让自己变得越来越专业！”没想到他们居然让我去。真是太好了，我可以深入到这个群体去观察这群想改变世界的人。

早上急急忙忙赶去苏州街紫金大厦，这和我住的地方离很远，我还要抱着笔记本电脑坐半个多小时的地铁，急急忙忙地吃早餐和占座位，因为我一定要争取坐在第一排，这样照相也比较方便。坐第一排还有一点原因，是我的问题通常很多，想随时向老师提问。去听课之前，我觉得产品经理这个工作没那么复杂，我操作一些技术岗位的时候总是看不懂他们的简历，看产品经理们的简历还算能看懂。两天课程听下来，对这帮小伙伴，应该是做得好的小伙伴算是刮目相看了。我的性格很适合和他们打交道，都是内心强大的、一直不停止学习的人。尤其是晚上沙龙，一位女产品经理分享市场需求调研，真是很专业。她会为了一个数据去人家官方微博里一条一条翻找，有的女产品经理因为产品迭代前一周不回家一直加班。那些成摞的数字，有的根本不是从咨询公司那里买来的，而且有些资料也买不来，都是他们自己辛苦积累和自己扒出来的。一个产品从开发到上线，可能有很多背后细致的工作我们是看不见的。我们不能小瞧这群未来即将能改变我们生活的人。去学习产品经理的课程不是一个偶然事件，从去年开始就报名了，一直等着开课。参加这个课程真不想暴露自己的身份。因为我的身份决定了我必须在暗处，不是去挖人，而是怕被轰出来。

未来的猎头行业是属于那些在垂直领域内做得很专业的人，你知道你服务的这群人他们每天在做什么、每周在做什么、每个月在做什么，他们的困惑是什么、他们职业生涯遇到的瓶颈是什么、他们工作 KPI 的考核是什么、什么样的产品经理算是做得好的、什么样的产品经理是有潜质的人。为了在有限的时间内快速辨别和认真服务这群人，我们作为服务的提供者一定要很懂业务。所以多去参加这样的行业交流会没什么坏处。无论在哪个行业，只有不停止地学习，才能让自己在所在领域越来越有不可替代性！

### 参加活动总是不敢暴露自己的身份

猎头第一年，每个入行的小猎都会经历打 CC（cold call）。那时候我很佩服那些接起电话能随着场景的变化随时挑战任何角色成功绕过前台的顾问。我听说有的老猎能一个人分饰好几个角色，让你分辨不出来究竟是谁打来的。他们应该有上过表演课吧，不然就是日益练就的本领。像我这种资质一般的人，除了 CC 还有其他的方法适合吗？后来我发现有一种方法也很不错，就是去活动现场猎人。现在回头想想发生过的种种趣事，也还算是有些收获。

第一次参加的活动是一个大型人力资源研讨会。我去的目的很简单，就是想开发客户。因为我们公司属于初创团队，当时我一门心思想做汽车行业的职位，无奈客户很少，于是我开始动心思去开发客户。当时是顶了一个 HR 朋友的名字去参加。顺利入座后开始激动，我的执行力很快，目标感也比较强，我当时定的目标就是换完全场的名片然后回家。于是我犯了一个很白痴的错误，因为来得早，现场人员稀少，我就这样行动很容易被会场的人发现。果然一位西装笔挺的男人走了过来："请问你是哪个公司的？"当时我 NG 了，因为我忘记了朋友公司的名字，那我总得说一个公司，随便说完，被客气加坚决地请了出去。出门后我和朋友哭诉："刚才太笨了，忘记你们公司名字了，我被赶出来了！"我这么辛苦赶了一个大早被赶了出来，一定是不甘心的，于是我站在门口等待时机。后来签到的人开始多了起来，我发现有人根本不用签到就进去了，所以我也这样随着人流走进去了。人一多起来，刚才那位不懂得怜香惜玉的男人应该也自然不会看到我。后来才知道那个男人是活动组织的创始人，难怪这么霸气，有原则。再后来只要他过来，我就有各种躲闪，怕认出来，幸运的是到最后也没有被认出来。

这个活动的发言人都是各大公司的HRD或者经理，我的目标锁定在了一个大型外资汽车公司HRD身上，于是一到休息时间就蹿到前边客气地和她换名片，结果被拒绝。她说他们公司有固定合作的猎头公司，暂时不需要别的公司帮助。这种拒绝太正常了。一般企业都有合作中的猎头公司，如果这次拿到了她的联系方式，以后经常联系，或许有一天能有合作的机会。但是她已经明确拒绝了我，不给电话，到底该怎么办呢？后来在人流中忽然听见一个男孩拿到了她的电话，于是我飞奔过去把电话要了过来，之后愉快地回到座位。这次过后，我的底线又下降了，被撵出去居然还能回来，我比自己想象中要坚强得多！经过这次没经验的卧底经历，我总结经验：即使成功进去也不能太大意，要潜伏得正常一些，这样才不会被揭穿。动作不要太大，否则脸上就写了“我是猎头”这几个字了！

还有一次参加一个行业内的论坛会，报名没有成功，于是当天早上赌了一把，决定要想尽办法混进去。那天早上坐了一个多小时的地铁，心想如果今天不成功一定会崩溃的。到了现场，开始假装找东西打电话等人，目的是观察那些人是怎么进去的。看到他们都拿着一个二维码扫完才能入内，我有点心凉。因为我用了没有名气的公司和职位报名的，根本就没通过，哪来二维码？但还是镇定地过去签到，出示二维码的时候开始耍赖，说我没收到邮件，以为自己报名成功了，但还是不让进。于是找到活动的组织者卖萌演苦情戏：“我一个人早上坐了两个小时的地铁，特别辛苦，就希望能过来好好学习。你就让我过去吧！”坦白说，当时我自己都受不了自己的演技。他起疑地问：“你是做什么的？”我快而坚定地说：“产品经理啊！我来学习的！”后来还是不让进入。就在我心灰意冷的时候看到了一个熟悉的公司，我记得几天前好像刚帮他们其中一个联合创始人推荐了机会，于是给他打电话，让他同事带我进入不就得了嘛。真是太聪明了。翻手机，还好我的简历存在云端，分分钟就把他的信息调了出来。顺利进入后给候选人道歉，因为他可能误会我告诉他同事我们最近有职业咨询上的联系，我也告诉他说我对他的同事没有说我是猎头。他们公司的创始人还在，他更不想让老大知道自己最近准备跳槽的事情。我消除了他的担心，并诚恳地道歉感谢。

最近一次活动，我报名居然通过了，现场签到也不费劲，更有意思的是这次主办方鼓励大家互相加电话和留信息。于是我本着不放过一个的原则从第一排开始让他们留信息，中场主办方组织活动谁的信息留得多我应该是冠军。但是这次我学会了低调。最后只有我在坚持让别人签名，默默地一排又一排地移动，有的人甚至以为我在整理通讯录。一起去的朋友说，那些坚持签名的好像有一些也是猎头！真是敬业的同行们啊！



BD：business development（业务拓展），在猎头公司通常指开发新的客户公司。

## 无论哪种模式，猎头行业都在不停地进步

2015年5月，我参加过圈内知名猎头培训师孟凡超“猎头PS培训课程”。我被猎头行业的工匠手艺震撼，也开始感叹自己居然七拐八拐地进入这个需要不停学习、玩命工作的行业。

入猎头行业以来一直都带着许多困惑和问题前行，工作中也会疑惑为什么同样的一天有的人能干那么多事情、有的人效率那么低，有的猎头为什么一周居然可以推荐几十个人，而我们大部分猎头每周推荐5个就不错了。难道是智商和能力的问题吗？我不能放弃去寻找答案，找自己和别人的差距，如果是智力的问题我可不可以用勤奋来弥补？那样走得即使慢一点是不是可以一样到达金字塔呢？我身边有一个1991年小孩刚入行没多久就迅速成长为猎头百万顾问了，难道真的有天生猎头人的说法？

那个培训让我感受到了一些顶级猎头工作的节奏和氛围。为什么猎头和猎头之间有这么大的差距？很多人在一开始起跑的路上，有的在大家都在挑水的时候他选择了挖一条水管道，前期虽然比别人辛苦，但是他有自己的长远目标和蓝图，等到一定时间我们这些辛苦的挑水工还在一桶一桶挑水的时候，他已经坐在家里看电视喝咖啡陪家人聊天了。但是因为有了管道，他可以付出比别人时间很少的成本换来更大的收益。而有些猎头偶尔一年收成很好就沾沾自喜，同时大部分人也会担心明年的庄稼收成。像行业里的 Michael Page、Robert Walters 等外资猎头公司，他们的很多顾问往往年业绩很高，而且更加稳定持续。孟凡超在《你所知道的“猎头”可能都做错了》一文中也提到过，中国的猎头们一开始就拜错了师，犯了“张冠李戴”的错误。很多猎头公司都是“用预付费的搜寻模式去做有结果才能收费的单，才能成单”，这样张冠李戴必然导致猎头顾问越来越低效而郁闷。PS（Proactive Specialization）模式可能是大多数猎头公司业务转型的必由之路。专注是指猎头顾问按照职能、行业、地域、级别等多个维度对自己发展的领域进行精准定位，而非只要客户有要求就什么人都去搜寻。主动是指“从等待客户有需求向顾问下单”，转变为预判客户需求并向客户要单。

其实说白了，按照当今互联网时代最流行的说法就是：更加注重候选人的用户体验！专业专注的同时把候选人这端更加重视起来。以前是一手托客户为主一手按照客户的需求找候选人，现在是两手都要托，同时把候选人这端更加重视起来。将猎头的核心工作发挥到极致，做得更多的是职位和人的连接和匹配。不再像以前那样等客户发出一个职位之后才开始寻访搜寻大量的人，然后推荐几个合适的；主动专注了之后，猎头顾问在候选人圈子里不断地加深自己的品牌形象。根据细分垂直领域里的大部分优秀的候选人都已经在顾问的脑子里，顾问成了这个圈子里候选人御用猎头 Top 前三。所以以前一个职位猎头顾问可能需要一周做行业人才地毯式搜寻工作也不一定能找全，现在加上互联网的工具顾问已经提前把大部分人所了解清楚、建立联系并时刻保持的联系，甚至简历推荐报告也准备好。从接客户的职位需求订单开始到推荐可能不超到 5 分钟。这个速度就是快得无法想象。随着社会的发展，互联网技术的介入，这个速度可能会越来越快。这种感觉就像是电商从出现后一些线下的实体店开始效益不如从前，淘宝出现后颠覆了很多人的购物习惯。而同时一个候选人顾问将他同时推荐给多家他想去的公司，也是在很短的时间内就可以迅速完成，最后无论候选人接了哪家的 offer，猎头顾问的命中率都比别人高，因为他推荐的职位比别人多。由于顾问是专注在这个职位领域的，在候选人端的形象通常也比较专业，候选人也会乐意帮忙介绍同事给顾问，于是圈子被不断打开和精细化。

《翻译官》中程家阳对乔菲展开过魔鬼式训练，他让乔菲一边数楼梯，一边听音频跟读，中途他又让乔菲出去买五杯不同口味和要求的咖啡，回来再问她刚才听讲的音频内容。程家阳对她训练的目的，就是让她学会分配注意力，学会在复杂的环境中把注意力放在重要的事情上。而我也听说我所在的行业，有的师傅会训练顾问的记忆力，说出一个职位之后让他们快速往外蹦人名，说出合适这个职位的市场上的所有的人。以后的职位只会越来越快，不快就可能被别人超过，服务质量和专业度也将拉开猎头们之间的差距。

猎头行业最近几年发生了翻天覆地的变化。有的人说我们会被机器人取代，会被产品软件取代。其实，如果未来机器人真的变得特别厉害，那取代的也不仅仅是我们猎头了吧！行业面临革新，淘汰的不过是没有跟上时代步伐、不专业的猎头顾问。而机器人是不能完全感受到一些真实活人真实感受的，它或许能推荐一些合适的职位，但是却不能帮助候选人解决一些职业上的困惑。猎头除了会成为一个天然的 linkedin 连接很多人，也还会是一位职业生涯规划师，专业的猎头能帮助你解决在职位变动过程中的困惑。随着这个行业里专业的顾问越来越多，猎头行业的美誉度也一定会越来越好。而我们作为一个单个的个体，只需要在面对大风大浪、面对技术更新随时保持着拥抱变化的心。保持不断的学习力，就一定能有不败的行业竞争力！说不定过几年行业里又会出现新的商业模式，无论哪种模式，我都认为是行业在不断再进步。愿更多人加入到这个大家庭，我们共同携手一起创造属于我们行业的口碑。

RS：Reactive Search（对客户需求进行反应式搜寻）

PS：Proactive Specialization（主动专注模式）

# 穹顶之下　不打 CC 的明天

2013 年有 5 个月的时间我都在猎头行业五环外徘徊。说五环可能更生动具体一点，就是还没入行，对城里的一切都抱有好奇心。之前我虽然在一家几个人的小猎头公司待过 3 个月，但是那根本算不上入行，没有客户、没有培训、没人做过猎头，谁都不懂，自然也熬不过。不过我很感谢那位老板，是他带我进入这个神奇的世界。正当我不知道该去哪里的时候，好像突然发现了一道光把我照亮。

## 因为 CC　在猎头五环外徘徊

因为我有过 3 个月的短暂经历，所以去面试的时候显得稍微有点底气。平时也会接到猎头公司 HR 的电话，多半聊着聊着我的状态就不是很好，因为大部分 HR 都说新人刚来第一年就是打 CC（cold call）。我一听打 CC 就有点害怕，因为我的个性不太喜欢骗人，编谎话各种绕前台最后找到你想找到的人。每天都去骗人，日子过得提心吊胆！我到底要不要进入这个行业呢？如果不进入这个行业，又要去做什么呢？

之后5个月的时间里，我开始由兴致勃勃进入徘徊停滞的状态，去面试的公司越来越少，也不太爱出门，天天躲在家里看书。消沉是有时间限制的，我知道房租不够我撑几个月的，最后还得出去找工作。于是，逼着自己让别人帮着推荐。我之前参加过几次培训活动，认识了一位猎头培训师叫孟凡超。他听说了我的事情，于是不厌其烦地给我推荐他的客户，就是一家又一家猎头公司面试邀约飞过来了。有的时候我真的不想去面试了，但是总能收到他给客户的一封一封邮件，上边写着我种种的好，以及未来会是个不错的猎头之类的夸奖。他的帮助让我觉得猎头行业也没那么恐怖，还算有一些温暖的。我自己都不相信我会是很好的顾问，他竟然这么相信，并帮我推荐那么多家公司。后来，我还是决定要走出去面试。

还是CC，我又在这个地方有了阴影。有的公司在面试的时候就会考核我的CC能力，而我也证明了自己并不是不会撒谎，可以通过面试的难题，可是我真的不想打。不过，也会怀疑自己是不是害怕面对挑战？有什么好怕的，又没真的骗别人钱或者财，也没给企业带来什么损失，你还帮人选提供了机会。后来有一段时间开始逼自己去干这个事情，因为我太想成为一位顶级猎头顾问了。我听到很多前辈对我说打CC是猎头必备的技能，作为一个猎头必须学会这项技能。去参加活动的时候，我也会惊叹那些可以颁发奥斯卡的演技实力派的前辈们，他们10分钟内可以拿到一份最新的通讯录，我不得不说：真牛！

## 别装了　你是猎头吧

我第一个 CC 电话是个女的接的，我特别理直气壮地说我要找谁谁谁。我们之前还聊过我们很熟，谁知电话那边用一秒钟就把我揭穿了，她说你弄错了，谁谁谁不是男的是个女的。潜台词就是：“嗨，别装了，你是猎头吧！”当时我的脸碎了一地。后来又有一次，我为了一个稀缺的职位打了一周的陌生电话，把北京所有目标公司里的人差不多都翻出来了。这一次终于释然了，我以后可以堂堂正正和别人说我打 CC 也很厉害的，之前怎么把人都找到了。

后来加入了互联网行业，用 CC 就更少了，像有的公司，被发现就把你电话拉入黑名单，人家的防骚扰做得不是一般的蚊子能飞进去的，想过去挖人还真不如在公司门口咖啡厅偶遇更快些。

## 穹顶之下　我们同呼吸一片天空

不打 CC 就不能在猎头行业站住脚跟了吗？老板注重的是我们的业绩，不管你用什么方法做到。而我们也要精益求精地寻求新的搜寻渠道，找到更加高效更加健康的方法！方励曾说过一段话：“传统拿来干吗的？传统是拿来学习的。学习它干吗？前人走过所有的路，应该是我们的终点，我们是往前走。”今天我们这个行业为什么会被很多人看不起，为什么给我们贴上“忽悠”“骗人”的标签？难道不是我们自己“作”出来的吗？如果一直秉承前人的搜索渠道，不寻求新的出口、新的方法，那我们这个行业最后的结局就只能是半死不活了，或者有一天真的被某一款软件取代。

现在因为互联网的火热，很多的网站手机端的 APP 都能找到人，还像以前一样陌生地打过去，对方什么情况也不清楚，只会让候选人觉得这个猎头不专业。雾霾不是一天形成的，要还城市一片清新的天空。我们每个人都应该站出来做一点什么，每个人都改变一点点，明天的明天，猎头行业一定会是个大晴天！

**我畅想猎头行业的明天会更好：**

我们都站着把钱赚了；每个人都身为猎头而骄傲。

别人提起猎头这个职业，不再唏嘘，而是刮目相看。

猎头职业被纳入毕业生最想加入的行业之一，像女孩都想加入时尚杂志一样，入行是梦想。

我们不再是幕后推手，越来越多的人都知道这个职业的存在，我们受到很多尊敬。

很多猎头坊间明星们受到各大电台的邀请，请他们分享从业的心得。

总之，我们的行业火了，听说火了很多年，高三生奔走相告，很多孩子都报了“猎头专业”，居然有了专门的猎头专业，太不可思议了～～

# 作为猎头，我是如何做自己知识管理的

有一天早上我像往常一样浏览网页新闻，忽然被一个新闻最下方的文字吸引：“别问我是怎么知道答案的，我不是互联网猎头。我正在做的事就是要用互联网产品替代猎头，因为猎头不透明、不全面，还死贵。”我先是哈哈大笑了一阵子，接着开始陷入沉思。因为赶上移动互联网崛起的时代，我们这拨猎头开始受到很多新的挑战，面对五彩缤纷的变化，面对来势汹汹的各种人才招聘产品，我们这些人工的产品会被机器产品替代吗？面对变化，我们可以怎么办呢？

第一，绕过变化。

第二，抵制变化。

第三，拥抱变化。

其实我们也可以试着去拥抱变化，让一些产品为我们所用，猎头也可以尝试利用互联网工具来提高工作效率。这次给大家分享一款知识管理的软件，以后若有机会再一起探讨其他的软件带给我们的福利。在知识管理方面，我用“印象笔记”来梳理自己的知识信息，接下来就跟大家分享一下这款软件在工作中的应用。

### 为什么要用印象笔记？

我是个爱整理的人，从屋子到电脑，里里外外如果很乱，心里就会有些烦。之前我的电脑会设置各层文件夹，它们像迷宫一样，将我的知识散落堆放，每次都想要好好整理它们，每次找什么东西都会特别麻烦。我还经常迷失在自己设置的迷宫里。我很欣赏印象笔记的一个搜索功能，不管你丢了多少东西搜索关键词就可以快速找到，即使里边放了 2000 个笔记也不会影响它的搜索效率。作为猎头，我们整日是和时间在赛跑，如果能再整理东西，节省些时间，再好不过了。



### 猎头方面　我用印象笔记发挥那些作用

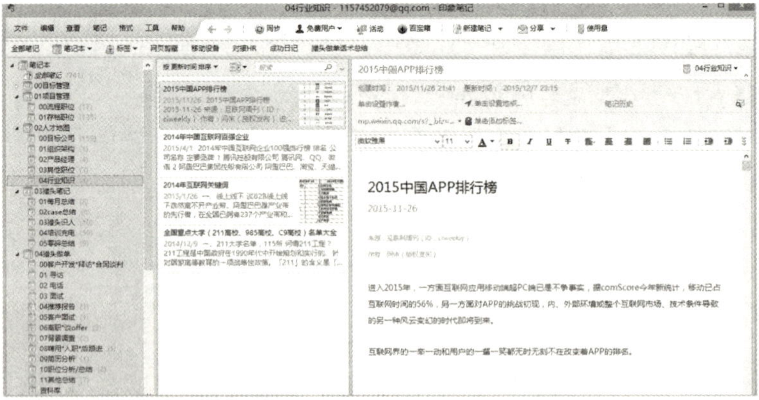

项目管理：流程职位，存档职位。

人才地图：目标公司、组织架构、职能资料、行业知识。

猎头笔记：每月总结、case 总结、猎头识人、培训充电、零碎总结。

猎头做单：一系列猎头做单的流程节点。

印象笔记里每个笔记本组打开里边可以设置很多条笔记本，每个笔记本里边可以设置很多条笔记。我一般每个笔记本里也就设置不超过 20 个笔记，太多也是眼花缭乱（结构依次为：笔记本组、笔记本、笔记）。

接下来我依次分享下每条笔记本里边都放置了什么内容：

**【项目管理】**

流程职位：最近在做的一些职位的相关资料，比如职位的 JD、企业的招人需求、公司地址、面试流程、薪资范围，所有和职位相关当下能用得上的东西都会放在一条笔记里，一个职位一条笔记，如果资料比较多还可以插入 Excel、Word、PDF 甚至声音文档。

存档职位：当一个职位终于操作完，可以把它封存到这个笔记本里，日后如果想再次翻看，可以输入关键字进行搜索。

**【人才地图】**

目标公司：因为做互联网行业，所以这里整理了很多互联网公司的信息，每个笔记以公司名字命名，找起来只需要在搜索框内输入公司名字即可，相关的公司信息也都存放在一条笔记里。

组织架构：每个公司的组织架构图会存在一条笔记里，手机端也可以随时查看。

职能资料：这个笔记本是最常做的职位的相关资料，比方说经常做产品经理，笔记本就写“产品经理”，然后放有关产品经理职位的相关资料。

行业知识：平时收集的一些相关的行业资料。

**【猎头笔记】**

每月总结：每月工作感悟总结文章，每个月一条笔记。

case 总结：每个单子的总结。

猎头识人：九型人格、六顶草、贝尔宾等一些识人的资料干货。

培训充电：每一个培训一条笔记，我会按照参加时间和培训主题记录内容，里边直接存放图片、文字或者录音，统一都放在一起！



**【猎头做单】**

可以按照自己的做单习惯做流程关键点的信息收纳整理。

客户开发/拜访/合同谈判：客户开发阶段的经验知识收集。

寻访：搜寻候选人过程中遇到的问题，寻访阶段的经验收集。

电话：主要是和候选人沟通方面的经验积累。

面试：候选人面试方面的经验总结。

推荐报告：撰写优质推荐报告的经验积累。

客户面试：围绕客户面试推荐候选人的相关流程总结。

离职·谈 offer：离职遇到的各种问题和谈 offer 相关的经验总结。

背景调查：背景调查方面的信息和资料。

聘用·入职·跟进：入职管理及跟进候选人前后的经验总结。

简历分析：关于简历分析的各种收集和总结。

职位分析总结：如何快速了解一个职位背后的需求等总结收集。

其他总结：零碎的相关资料。

资料库：成品可分享知识点。

资料库是一些已经总结得很专业的知识点，这个弱势拿出去分享也可以，可以是别人的也可以是自己的，最好是自己的。工作上有日积月累，一定会进步得很快。

**常用的一些功能分享：**

我以前会放很多猎头的学习资料和 PPT，后来我看着自己臃肿的笔记觉得这像是一个不动脑的存储 U 盘，和之前没什么区别。后来我把学习资料该删掉的都删掉，笔记里只放自己大脑总结过的东西，或者别人总结过特别好的我再用自己的理解总结一遍放里边。这样会比较有成就感，因为这里边虽然笔记比较少，但都是从我大脑里总结出来的。打理自己的知识仓库需要一个漫长的时间，刚接触的同学不要着急，慢慢来。

**【常用功能】**

＊ 图片、录音、PPT、思维导图、网页资料存储

每次去参加培训都会建立一条新的笔记，培训相关的图片、PPT、网页的截图、当时上课的地点信息、上课时的文字笔记、老师的板书、后期整理出来的思维导图等东西，都会收到笔记里。

＊ 在微信里看到不错的文章，一键保存（手机绑定印象笔记）

很多比较好的文章都一键保存到之前设定好的“待整理”笔记里，这就是收集箱的意思。收集箱的笔记是都没有经过大脑思考过的东西。笔记就像一个工厂，最好按照一条流水线让知识有秩序地流动和存储。

＊ 善用标签，加速检索

善用标签，可以更加快速地实现检索。比如说从一位朋友那里学来的关于晨间日记如何用标签管理，每篇笔记都分别标上当时的年份、月份。例如笔记：201504（2015 年 4 月）、0421（4 月 21 日）。这样设置标签后有什么好处呢？当你写了 10 年的晨间日记，每年同月的笔记可以迅速找到，每年今天的笔记也可以迅速找到。总之，如果你设置“面试”为标签，日后你点击“面试”，所有相关的笔记都会出来的。

＊ 重要保存邮箱

有朋友需要我支持资料时，我有时会从印象笔记内邮箱给他直接发过去，或者把其他邮箱里的文件一键发送到印象笔记里进行保存。

总之，简洁一点总结，用电子笔记做知识管理的好处有：

形式多样存储：不限于任何形式存储，文字、图片、邮件、声音、网页等等。

搜寻：需要找什么内容，只要输入相关的关键字就可以快速搜索到存储的相关信息，不用在笔记上一页一页翻找而浪费时间。

云端切跨平台：网页直接登录、电脑与 iOS、Android 等移动设备上都可以使用。

随时查看，也省得有 U 盘会丢的烦恼。

移动办公：任何地点只要有一些工作上的想法都可以随时记录。

笔记自动排序功能：按标题、更新时间、创建时间等都可以找出常用笔记。

笔记内画重点：笔记内置有颜色、重点符号、下画线等功能，类似于 Word。

思维导图插入笔记：可以将思维导图以图片的形式存入笔记。

绑定微信导入文章：朋友圈遇见好的文章可以一键保存指定笔记里。

共享笔记本组：同事之间可以共享一个笔记本组，里边的资料可以共享，每个人都能查找到。

# 我一直都相信 猎头行业的明天会更好

相传在古老的原始部落时代，有一个美洲食人部落，每当战争结束，他们就会把敌人的头颅割下来，作为战利品带回部落，并悬挂于本部落的高竿之上，既炫耀了自身实力，也可有效地威吓来犯敌人。“猎头”一词在历史的发展中带有相当原始的野蛮、血腥、神秘。但是，在近代社会，“猎头”完全被赋予了崭新的含义，并带有鲜明的时代特色。“猎头”英文单词为“headhunting”“headhunter”。中国香港地区在20世纪中期开始引入猎头概念，并将其直译为“猎头”。“猎头”是指寻访和搜罗高级人才的行为，即全面提供发现、追踪、评价、甄选和举荐高级人才的人力资源服务。在国外，这是一种十分流行的人才招聘方式。美国职业排名曾报道：“猎头顾问的职业排名高于美国总统”，无论是在商业领域、政治领域，还是其他领域，猎头都在扮演着很重要的角色。在商业领域，人类历史上第一次盈利的奥运会1988年洛杉矶奥运会的主要承办人、“商业奥林匹克之父”彼得·尤伯罗斯，惠普公司业绩不凡的掌门人、有“铁女人”之称的卡莉顿·菲奥里纳，均是猎头公司的杰作。

猎头这个行业在中国发展近20年，从一个非常神秘的不为人知的群体，近几年逐渐提高了行业知名度。2006年3月，中国外国专家局发言人刘永志表示，“中国在市场经济下培育国际人才市场离不开猎头公司。特别是国外大型猎头公司在中国国内建立的合资合作的猎头公司，能够给专家和用人单位搭建桥梁，提供非常专业的服务。”

国内知名猎头培训师孟凡超也曾预测过，国内还将继续有将猎头招聘行业推向高峰的几大浪潮。

1. 中国企业走向国际的浪潮。十年前猎头顾问做单主要做外资公司的中国组织，有人做到亚太。但前所未有的利好是随着中国经济的崛起，中国企业走向国际，中国的猎头终于有机会可以接触到“Global Recruitment Team”（全球招聘团队）了！

2. 国有企业及事业单位的市场化浪潮。我在咨询的过程中，就接触了不少专门服务国有企业的猎头公司，这些公司也开始服务事业单位的选拔。

3. 互联网+的浪潮。未来互联网将不是一个行业，而是一个企业的一个业务部门。或者也可以说，未来每一家企业都应该是一家互联网公司。得人才者得天下，不难得知，传统企业也好，新兴企业也好，要想打好这一仗，人才招聘必须做好。即使原来告诉我们顾问“我们主要招聘我们圈子里的人才”的那些客户，也更加依赖猎头来去行业外招聘跨界的人才。

4. 全民创业的浪潮。政策面也鼓励创业，未来的创业机构将会越来越多。创业期的公司人力资源的中心也将是招聘，这也将毫无疑问地刺激招聘领域的发展。总之，招聘市场体量将会越来越大，猎头顾问作为一个新兴交叉型人才将越来越热门稀缺。

据悉，当前中国猎头市场有上万家猎头公司，猎头从业人数超过 50 万人。相信随着胡歌主演的电视剧《猎场》的播出，我们这个神秘的行业将逐渐被社会知晓。

## 顾问式销售 我们卖的是跳槽服务

《朝九晚五》里有一段描绘猎头的工作我觉得很贴切：“如果说猎头是销售的话，它与一般销售的不同在于，猎头是顾问式的销售，更多是在于采购的过程，自身的积累和人才的综合包装。至于人贩子一说，严格意义上我们交易的产品的确是人。但是我们充当的不是占有方，我们不是地主，人才没有跟我们签卖身契，也没有被我们拐走。一切的条件都是透明地摆在桌子上，是公开的。一份猎头提供的职位需求就如你正在吃的蛋糕，我们把另一块放在你面前，或更美味，或更精致，或更有分量，或更有营养，也或者跟你目前吃的大小差不多，只是多了点水果。总之它跟你的肯定有不同的地方，然后由你自己来权衡比较，选择继续吃你原有的，还是接受这个新的。但是你接受了还不成，还要蛋糕店的主人来决定是否真正把这个蛋糕送给你。这就是一个简单的猎头的过程。”

我们卖的是前后帮你选蛋糕，帮你想办法争取蛋糕，帮你留意新的、合你口味蛋糕的种种服务。我们也没有收取候选人蛋糕费。前后咨询提供机会的过程更像是一种服务。

### 猎头们的世界里没有放弃

只要有一丝希望就不会放弃不断地争取可能性，只要职位一天不关闭，就不放弃寻访。猎头人的字典里没有放弃，只会尽全力给到客户满意的人选。

我经历过一个最长的单子前后长达半年，寻访了很多人，终于有一个人 offer 了，但拿了之后他还是决定去创业。后来又接着推荐，人选终于入职了。这个只是众多单子中的一个，大部分只要职位是靠谱的，而客户又很需要有人到岗上班，我们都会拼尽全力去帮客户解决问题。我身边有个女孩，她曾有一个职位最多推荐了 100 个人，都没有一个人能顺利进入 offer 阶段，最后被其他的猎头推荐中了一个人，结束了职位寻访。但她再次和我聊起来的时候云淡风轻，像是发生在别人身上的事情一样。其实我们都觉得这些很正常，很多事情要往好了想。像我们都寻访的很多人，那些人都可以作为人脉积累，以后也可以帮这些人去寻访他们需要的机会。

总之，猎头的世界里从来就没有放弃。

### 热情高涨的同行们

大部分猎头工作都很辛苦，经常加班到很晚。这不是一个只是轻轻松松打打电话就 OK 的工作，是需要体力脑力都跟得上、一份不亚于律师会计带有专业度的工作；同时它又有很多的不可确定性，经常会遇到一些突发情况需要顾问去救火，所以需要顾问拥有对职业的热情度才能坚持下去。

平时我经常参加一些行业交流沙龙等活动，周末的时候大部分人选择休息，但是一旦周末有培训活动还是有很多人愿意花时间去学习。年末的行业交流会一般也会有上千人赶去会场参与。这样一些爱学习爱工作的人们聚集在了猎头星球。我身边一些做得很好的顾问和行业领袖们，他们都是愿意分享、愿意帮助别人的人。很多人愿意将自己的经验分享出来，有的写成文章在自己的公众号里分享，有的在微信群里分享，还有一些优秀的顶级猎头愿意出来专门做培训师来引领行业不断前进，如果他们做顾问相信会比现在赚的多。能出来做独立猎头培训师也是有一定猎头情怀的。像我知道的一些优秀的猎头培训师孟凡超、陈功、杨莹、猎上网马雄二、举贤网刘佳等，他们都在尽力用自己的力量让行业越来越好！

有的时候很幸运成长在这么一个充满热度的行业，让我在工作的同时也不断修炼自己的品格。我一直都坚定不移地相信，猎头行业的明天会更好！

# 每一个 offer 背后都有一个故事

我希望遇到的每个职位单子都能很顺利，不过现在已经渐渐学会安静地看待当下所发生的一切，再也不会因为丢个 offer 就要伤心难过找朋友哭诉半天，反而觉得都是正常的。越是更多磨砺，越是积累了更多财富。对于候选人来说一辈子也就跳槽几次，所以一辈子也就合作几个猎头而已；对于猎头，即使再厉害的猎头顾问，一年合作成功的候选人也是有数的，一个月能帮助 3 位以上候选人成功找到满意机会的顾问，做得算是优秀的了。所以职业选择的整个过程，猎头和候选人都是在成长，也在上演着一个个故事，把过程梳理总结下来或是分享给别人都是一种成长。

进入互联网行业后，我开始慢慢地出单，也越来越找到工作的节奏，经历一个又一个 offer 后也是逐渐成长起来。我的成长不算是快速，但相比快速崛起，这种一步一个脚印反而让我更踏实。

## 如果候选人意向不大就不要推荐了

之前有半年的时间我一直在做物流仓储方向的职位，刚转行互联网，没有做技术、产品、运营职位而是做了一些物流仓储的职位。原因是我想快点出单，然后顺利转正，所以我选择了反馈比较快的一家大型电商公司的一些职位。

记得当时接了一个物流总监的职位，我那阵子拿到了一份大型物流目标公司的最新通讯录，在上边翻出了一个比较合适的人选，沟通过后感觉这个人业务能力没问题，但是总感觉有些太聪明给人油的感觉。但是我负责的客户企业文化又是质朴风格，虽然各方面都还算匹配，但是心底还是有担忧的部分。但是，如果这个人不推荐，我拿到的这份通讯录就没有人合适了，正巧候选人对机会也蛮感兴趣的，可以过去聊聊。记得那天下午他面试出来后给我打了个电话：“公司办公室乱糟糟的，办公室的人也是，来来回回像在市场一样。根本就没想过要真的跳槽，只是来看看。”听完后我的心凉了半截。这种面试反馈当然不能向客户反馈，因为一个意向性不强的人，作为猎头你为什么要浪费客户的时间呢？如果一个人离职意向性不强，即使勉强推荐过去，走了几个流程，接下来遇到一些诱惑还是挺不住的，反过来最浪费时间的是推荐他的猎头。我发现自己有时候会犯自欺欺人的毛病，推荐之前已经觉得不合适了，但是总抱着试试看的心态，即使合适率在60%以下，也为了完成每周公司考核的KPI标准而放宽自己推荐的标准，但是到头来前后浪费了不少自己的时间成本。

我们有时候会存侥幸心理，以为候选人暂时看机会的意向性没那么强，说不定过去聊聊后会改变他的想法，跳槽的意向性会变大，于是在没有完全搞清楚候选人跳槽动机的时候就盲目推荐，以至于后期进入谈 offer 环节的时候在把控上也不能给候选人一些很中肯的建议。

### 下一秒钟说不定就会峰回路转

这是我进入互联网后做成的一个大单，是一个产品总监岗位，年薪最后给到了 76 万，算是平薪过来的。人选从深圳某大型互联网公司跳到北京，很多人都会觉得诧异，是什么魔力让一位高管平薪且换城市跳槽？这中间又发生了怎样的故事？

这个单子不算是我经历过的最虐心的一个，但是也挺虐的。从那以后我接连操作的单子都是中高管的职位，有时候会觉得自己还欠缺很多和高管对话的沟通能力，但是在一单又一单的磨砺中也发现自己的沟通能力在不断地提高中。总之，不管是成功还是失败的单子，都应该有所总结和思考，这样我们才能逐渐成长起来，就像是再厉害的顶级猎头也是从婴儿起步的一样。

这个 offer 年薪给 76 万，我也因为这单顺利地转正了。结果看着挺美好，不过中间也是把我折磨得够呛。这位先生之所以从深圳回北京，是因为他的家在北京，妻子和孩子都在这边。他是孤身在深圳上班的，最近也正准备要二胎，妻子已经很不满意了，希望他快点回北京。再加上他本来就对我推荐的公司的前景是很看好的，觉得很有发展。所以整体来看他的离职动机可以判断为 10 分满，就是现在到了必须要跳，即使比现在公司条件差很多也会离开。当候选人意向性比较强的时候，会催促猎头将流程尽量加快，恨不得马上拿 offer，然后提离职。后来候选人面试后一切顺利，一周后 HR 就过来和我谈 offer 的事情。我以为不会有太大问题出现了，谁知更虐的在后边：

这个 case 我遇到很多突发的情况：

一、候选人期望过高，offer 过低，离期望差了 10 万。

二、HR 换人，交接不清楚；offer 前后不一致，少了人选一个月工资。

三、HR 直接在邮件里回复候选人："你在 × × 公司就这样了！""我就是代表 × × 公司，我就是告诉你就这样了！"

这三点发生后，这个候选人已经心灰意冷了。他当时不是卡在 offer 上，而是卡在对客户的态度上，感觉像是受了委屈。于是我们积极影响 HRD，进而影响 VP，希望能安抚一下候选人。毕竟面试时候 VP 对候选人感觉不错，希望尽快入职的，客户这边职位也是很急的状态。就在我们所有人都在等着 VP 能抽空给人选打个电话的时候，候选人居然自己给 VP 打了电话，之后 offer 就涨幅到了他能接受的范围。这是我遇到的很会谈薪的候选人，他的上一个 offer 也是让当时那个猎头惊到了，因为他自己谈高了很多。

有天晚上我还在楼下吃饭，突然接到了人选状态很不满的电话，知道 HR 对他说了一些负面的话，本来已经决定下班了的我又跑回了办公室去救火。在人选觉得企业态度有问题，前后 offer 不一致觉得企业态度有问题的时候，我又去一次次影响 HR、HRD，让她们重视起这件事。候选人和 HR 有冲突的时候，我用玩笑尽量去化解了尴尬。这中间人的工作，虽然没办法量化，但若是没有我的参与，或许也不会发生这一系列的事情，人选或许也没进入这家公司上班。猎头或许就在不断扮演着红娘的角色，看似可有可无，但其实是连接核心点。

我第一次发现，自己的工作还是蛮有意义的。我们不是在单纯地推荐简历，我们也不是HR和候选人之间的传声筒，而是在参与一个职场人的人生十字路口抉择。或许因为我们的出现改变了别人的职业选择甚至一生，所以我们不能低估自己的价值和影响力。这份工作是很有意义的！

**候选人入职我居然不知道**

记得当时有一个客户合同还没有签约下来，是一家创办于上海的移动互联网公司，移动端用户数已突破5亿，其用户量也是国内同行业产品前几位的。当时接到一个公关总监的职位，我还蛮开心的。因为一直是做物流仓储方向，突然接触一个新的职位，感觉很新奇。我对新鲜事物一直保有好奇心，所以在职位寻访上我也比较主动。很快便对接了HR，她让我去了解上海一家电商公关团队的情况，让我去找他们的公关头。不久之后我就告诉了HR目标公司公关团队的情况和那位公关总监最近的意向情况。HR觉得我办事很有效率，是个很厉害的猎头，于是加快了签合同的流程。

记得我当时聊了很多公关的候选人，一点一点将组织架构和团队情况拼凑了起来，又找到了那位公关总监的座机分机号，打了两天后终于拨通。当时她有些不屑地对我说："猎头有很多啊，就不留电话了！"然后我对她说："候选人也有很多啊！"电话那边停顿了几秒钟，然后她报给了我电话号码，但和我说最近不考虑跳槽，以后再说。

后来我又把客户指定的目标公司的公关团队几乎都接触了一遍，最后推荐了一位大型互联网公司公关经理过去。为什么一个公关总监的职位推荐一个公关经理过去呢？因为这家公司是客户指定的目标公司；其次他们的公关总监对薪资状况很清楚，客户根本给不起；下边的其他公关经理都不考虑，只有我推荐的那位考虑。所以将这些信息传达给客户之后他们就很踏实地珍惜我推荐的人选了。后来因为其他的事情，跟进的就没有很紧密。又过了一段时间，客户通知我开票，于是我在开票名单中看到我前一段时间推荐的那个公关经理候选人，他居然从北京到上海已经入职了？我悔不当初，捶胸顿足，工作怎么可以这么大意？前后付出了很多辛苦，却不紧密地跟进。这件事情到今天都记忆深刻，还好客户公正，没有跳过猎头，顺利地走完了付款的流程。

从那以后再也没有犯过类似的错误，我也越来越发现猎头是一份需要很认真才能做好的工作，对任何一个小环节都不能掉以轻心，每个单子的节点都应该做好该做的一切。



### 坚持总是有希望的

有一次在整个半年的时间都在操作一个职位。一家大型集团公司的旅游总监职位，因为客户想结合自己的电商优势开展旅游项目，进而也顺便带动自己平台上产品的一系列消费。那段时间我快被 HR 逼疯了，经常打电话要人。和我一起做这个职位的同行伙伴也是圈内有名的两家猎头公司，我不知道他们扑在这个职位上的力度是怎样的，我也不去猜测和探究竞争对手的实力，自己默默地坚持寻访。HR 经常给你挑战，说明她的老板给她挑战大，催得急，同时也说明他们和你缺人。所以这样客户着急的职位算是靠谱的职位，因为他们真的有需求。那段时间开始主攻这个职位，每周都推荐几个人过去面试，然后全军覆没，都没有人进入复试。我也开始有些着急。我找了很多旅游公司的候选人，后来终于有一个人顺利拿到了 offer（年薪 75 万）。我以为这下看到曙光了，谁知他拒绝了，原因是嫌 offer 给得低，他期望是 80 万。本来意向性也不太强，他在老家买了一栋楼打算装修成旅馆，就算是接了 offer，也不打算干太长时间，再加上这个 offer 给得又不具备吸引力，所以没有犹豫就拒绝了。努力了这么久，终于有个人选到了谈 offer 环节，又惨遭滑铁卢。我开始心灰意冷，也不愿意再给客户推荐人过去。

又过了一段时间，这个项目被重新提上了日程，几个同事又去客户那儿开会。这个职位仍还没有找到合适的人，客户也很着急，所以希望我们能继续再接再厉帮忙推荐。因为我太过于伤心，没有从拒 offer 的悲痛中缓过来，所以没打算继续投入寻访。两个同事他们回来后就立即重新启动了寻访计划，每人分别找了一位人选推荐过去，还是由我经手推荐给 HR，因为我仍然是这个项目的负责人。但是我心里隐隐约约感觉自己这么做不对，这个单子我投入得最多，如果再努力努力一定比别人成的概率大一些。没有人会比我更了解客户的用人需求和职位的关键点，为什么我要把自己陷入不良状态里？怎么就不能再坚持一下呢？后来我又坚持推荐了一个人。候选人在上海，客户在北京，但是他还是愿意从上海过来北京接受这个机会。他对我说，他一直在等这个机会，就等着客户公司有职位开放，他也非常看好这家公司的前景。谈 offer 经历了一些波折后，他终于顺利地来北京上班了。有一次我和同事去客户那儿拜访，顺便和他聊了一会儿，感觉他整个人都很有干劲。他对我们说过来后很快就适应了这里的工作节奏，觉得自己和公司的文化很契合，目前工作还算顺利。

我第一次深深地感觉到自己的工作是有一定的意义和价值的，帮助别人的同时也让自己很有成就感。有的时候，再坚持一下是有希望的，再坚持一下说不定就跨过去了。我们也在一次次坚持中不断打磨着自己的猎枪，是时光和坚持让我们变得越来越好！

用时光去打磨自己的猎枪，我相信终有一天我和我的同行们会成为很棒的猎人，会成为名副其实的金装顶级猎头！

# 热爱是坚持下去的动力

《寿司之神》是由大卫·贾柏拍摄的关于全球最年长的三星大厨小野二郎的纪录片。小野二郎的寿司店位居银座办公大楼地下室，许多世界各地的食客慕名而来只为品尝“寿司第一人”超过五十年的寿司功夫。这家不起眼的小店，曾经连续两年获得美食圣经《米其林指南》三颗星最高评鉴，被誉为值得花一辈子等待的美味。世界名厨吃过之后，都会惊叹这么简单的东西，味道会如此有深度。如果按照吃饭快的人一餐是 15 分钟，那这家寿司店应该算是世界上最贵的餐厅，但是意外的是吃过的人都觉得值得回票价。小野二郎每天都重复同样的程序，甚至会从一个位置上车。他不喜欢假日不喜欢旅行，假日对他来说很漫长，他只想尽快回去工作。他说：“一旦你决定好职业，你必须全心投入工作中。你必须爱自己的工作，千万不要有怨言。你必须穷尽一生磨炼技能，这就是成功的秘诀，也是人家敬重的关键。一直重复同样的事情，以求精进，总是向往能够有所进步。我会继续向上，努力达到巅峰，但没有人知道巅峰在哪里。即使到我这年纪，我就是爱捏寿司，这就是职人的精神。”他的师傅曾对他说寿司历史悠久，已经没有可改进的地方了。但是他没有完全重复师傅的手艺，而是创造出了当时不存在的寿司菜色。这种创造来源于对工作的热爱，所以他会在梦里捏寿司，点子曾多到半夜会惊醒。

我所在的猎头行业是一个压力大、竞争激烈、节奏也非常快的行业，尤其是刚进入猎头行业的头三年，好多人都是在不断的挑战和压力中被逼成长为一个很强大的人。如果没有足够的热爱，工作坚持下来可能会比较痛苦。很多人会觉得：“猎头不就打打电话吗?”“不就是电话销售吗?”真要是这么简单，那这个行业不是人人都可以赚到很多钱了吗？怎么可能有遍地是黄金随便一弯腰就能一夜暴富的逆袭呢？100 万年薪的候选人，猎头公司如果按照 20% 费率收取，可能回款近 20 万，但是运作一位高端候选人前后要多么费心血，不是三言两语就说得清的。如果你用“随便打打电话”的心态去和高端人士沟通，人家可要分分钟挂你电话了。

我身边的一些朋友说我能给人力量，所以身边一些受了委屈觉得挺不住的同行朋友偶尔会找我哭诉。

我认识一个猎头同行女孩，因为刚刚跳槽到一个公司不久，面试率和 offer 情况不尽如人意。她也不是没出单，而是刚成的一个 offer 没谈好，崩了，于是老板有了开除她的想法。我以为她会辞职然后重新找工作。结果她说，她要坚持做下去，开了就被开了，不能总换工作，去别家或许也会遇到这样的问题。

是不是会觉得猎头顾问好辛苦，要随时面临被辞的危险？其实，如果被辞也没什么大不了的，只能说明味道不对。有些公司是创业期，往前冲的劲比较大，会关注全员的速度，不能因为一个人影响了其他状态很足的人。

有一位猎头朋友，年前 12 月份入职的，前几天刚刚被辞。周围朋友都劝她早早离开猎头行业！一点都没保障啊！她和我说：就该这么活，就是很喜欢这个行业。和我叨叨了一通后，3 天不到找到了工作，又开始激情满满地干活去了。周围劝她离开这个工作的朋友们也是好心，但他们不了解这个行业，真心热爱的人是很难离开的，哪怕被辞，哪怕没出单，也要坚持下去。只因为这是真爱的事业，早已经不是糊口的饭碗。

猎头的压力更多只是在业务上，而猎头老板需要面临的挑战和压力可能比猎头还要多很多了。

中国著名猎头机构 FMC（Future Management Consulting）的创始人陈勇曾在文章里提到过：当猎头公司的老板可能是天下最郁闷的职业，原因是：猎头公司不断分裂的内在动力和创新猎头公司的成长“魔咒”。所以很多猎头老板也有很多不为人知的心酸。

身边有一位刚创业的猎头老板，有一天晚上给我打电话，听着状态和能量不对。他说好累，要不就把公司关了得了。后来因为有事匆匆挂了电话。第二天我回电给他，他说没事了，然后我在 QQ 上留言给他：一年有几百次不想干的冲动都是正常的。他回复两个字“哈哈”，又接着投身事业了。

所有的行业都一样，如果你真的热爱，真的喜欢，就不会轻易放弃它。你会想要多努力看看，再多试试看看，再苦再累都觉得这是正常的；也会因为一点点进步而喜极而泣，那种快乐别人或许不懂，但是你懂。

找到热爱的职业并一生为之奋斗，这是一件幸福的事情。工作可以修炼一个人的品格，如果你因为一点点委屈而离这个行业而去，也没什么，说明不是真爱。那你需要做的就是积极去寻找你真正热爱的事业并积极坚持下去，早日遇见不一样的自己！

热爱才是坚持下去最大的动力！

【五】

# ·做个温暖、热爱生活的人·

# 一个人私奔到西塘

我一直都挺相信吸引力法则的。当你内心开始有一个想法聚焦在你想要的事情上，这个时候你就是在运用宇宙最强大的力量，召唤着你想要的事情。西塘就是我内心召唤来的，我们是自己时间的主宰者，一切的美好的事情都是我们自己创造出来的。

“草在结它的种子，风在摇它的叶子，我们站着，不说话，就十分美好。”顾城的诗完全可以形容我在西塘的心情，光是看着就十分美好。

这是我第一次独立开始旅行，这次感触最大的是：“以后即使很忙很累也要每年尽量送自己一个随心的旅行。”一个人旅行意义就在于，可以锻炼你的生存能力，可以在旅行中不断地发现自己，也可以用来思考。当我游荡在西塘的街道，不顾形象边走边吃的时候，我就明白了旅行的意义：你可以用各种方式让自己变得喜悦，不仅仅是心，还包括你的肝、眼睛、灵魂等，从整个的你由内而外地流淌出喜悦。往往我们只有做自己的时候才是最快乐的。

因为旅行来得不易，所以我倍加珍惜途中的每分每秒，认真感受着当下的景点、食物、空气、温度，还有西塘人质朴的笑容……

这是一次随心所欲的穷游，我将交通的费用降到了最低，没有直接到西塘的火车，最近的是到嘉善，所以我订了到上海的硬座，来回车费共 313 元。18 个小时的旅途我并不怕，大把的时间可以用来看书。我将看书也列为旅途中的一部分。

## 旅行前充足的准备

去的时候做了详细的攻略，将它们打印出来，决定好好寻找这些食物和景点，然后用心去感受。受到《花儿与少年》刘涛整理旅行物品的启发，我这次将各类东西都用密实袋一个个分类整理好，包括每天需要用的面膜、隐形眼镜、要看的书、要穿的衣服等。

提前一天确认第二天要住的客栈是必需的，因为有可能人太多没有房；不过即使没提前订，等到了那里也照样能找到住的地方，只不过这样的话价钱就没的选择了。另外，周末客栈要比平时贵得多，尽量赶在周一到周四去最好。我这次因为是工作空当，所以比较随意，特意避开了端午、周末。客栈、来回的车票、攻略、旅行需要的东西都准备充足，可以开始自由自在地旅行了。我自己是自己的导游，想停就停下来，饿了就吃想吃的食物，一切就这么随意。

## 古镇风韵之人文精华

在西塘上团购了一张 70 元的景区联票，一共是 11 个景点。因为是网上订的电子票，早上现找了一个三轮车师傅拉着我去旅行服务中心取票，从景区到取票的地方要一段路程的，需要坐车去。我坐在后边十分不自在，感觉师傅蹬得很辛苦（对自己的体重也有些抱歉）。拿到景区联票之后，因为上边没有写清是哪些景点，我开始好奇地问蹬车的师傅。他很热心，骑到一半，我们停下来，在我的本子上指路。我感受到了西塘人民的好客。

就这样一整天我拿着地图一个一个去找寻这些古宅、古弄、古桥。这些是西塘的血肉，也是西塘人的故事。我依着自己的步调边找边看边吃，在找酒文化博物馆的时候有些迷路了，在一个比较偏僻的巷子里突然出现了一个“孙悟空”，我当时被惊到了。（后来晚上去酒吧一条街的时候释然了，除了孙悟空还有猪八戒站在门口吸引游客进去。）

### 美食面前无力抵抗

提前将西塘所有美好的食物列了出来，又查了哪家是正宗，于是专门去找那家的东西。晚上我发现了一家叫“管老太臭豆腐”的地方，很惊喜这么快就找到实体了。隔一会儿又发现了一个管老太臭豆腐，后来发现这里只要是臭豆腐大部分都叫管老太，如何分辨呢？攻略上说只有石板路 92 号的才是正宗的，于是我直接问那家臭豆腐老板：“您好，您这是石板路 92 号吗？石板路 92 号在哪边呀？”最后终于找到了，这家卖 10 元一盘，其他家的 5 元，我要了一半辣一半甜的，全神贯注地投入到了当下的食物中。离开时心满意足，刚走不远，店主跟了出来：“小姑娘，嗨！”我紧张地回头马上回应：“我给钱啦！”老板笑着说：“你忘拿手机啦！”



我除了睡觉，只要睁开眼睛嘴就不会是不工作的状态，有一天晚上临睡前还吃了一盘蚵仔煎。不过我很开心，完全没有自责的心理。品尝美食是我旅行很重要的一部分，没了它旅行就失了颜色。

### 关于艳遇

有一天坐船，一共五个人，有两对情侣加上一个我。船夫

指挥我坐在右边，就是船头的位置。虽然我有比较强的自我安慰心理，但心里还是有一点酸酸的，感觉自己很形单影只。朋友问我："有没有艳遇呀？"我回应："比较失落啦，即使是一个人来也完好无损地回去！"于是当天晚上我决定一个人去酒吧转悠一下，也算是体验一下当地的风情。第一个酒吧，比较清幽，男歌手一个人对着我唱，没错，因为只有我一个客人。然后又去了一家怦怦怦的酒吧。说"怦怦怦"是因为整个期间我的心脏只感觉到"怦怦怦"的节奏，音乐放的声音很大节奏感很强。第三个酒吧，比较小，我进去的原因是旅客可以自己点歌免费唱，就这样有一桌的人围着玩，我自己默默地一直唱到了打烊。11：30，警察来了。西塘规定 11：30 要停止夜夜笙歌的节奏，哪家都不敢多坚持一会，被抓到可能停止一个月的营业。

有一天晚上在酒吧里和同住一个客栈的一群小伙伴一起聊

天，老板娘带来了一位男生朋友，他坐在我旁边，我们没有说过一句话。后来走的那天，一位姐姐说那个男孩看上你或者是你旁边的女孩了，也不知道具体是谁，回头我去问问！又有一天晚上在酒吧，我和同客栈的女孩与另外两个男孩聊得很投缘，也互留了微信。再后来我们分开玩，临近结束很晚的时候，其中一位男孩给我发信息问我在哪儿，然后被我拒绝了。坦白说，我骨子里还是比较屌！关键时刻爱掉链子，虽然嘴上看起来很没节操，但是大部分时候我还是希望能有一些故事的艳遇比较有意思。作为一个女孩子家家的，一个人在外边还是好好保护自己的。

我理解的艳遇，是发生了美丽的故事，最好有怦然心动的感觉。如果有艳遇，最好；如果没有，也不要觉得伤心或者失望。因为旅行的意义不仅仅只是艳遇，它是一盘菜上的一朵装饰的小花，有也好，但品尝食物才是最重要的。

2014 年 6 月 6 日

# 和自己喜欢的一切在一起

韩寒说："我所理解的生活就是和自己喜欢的一切在一起。"

找到自己喜欢的并和它们在一起，应该是最幸福的事情了。如果我们将自己生活的世界多放些自己喜欢的东西，那样的人生岂不是太幸福了。幸福感不应该都依附于别人，如果遥控器在自己手里就如掌控了获得幸福的主动权。我们的世界都是自己打造的，如果身边围绕的大部分都是你喜欢的，每天都和自己所喜欢的一切在一起，那组合起来不就是一个幸福的人生吗？

如果有空静下心来，总结下自己到底喜欢什么。如果现在过得不开心，看看是否是和自己喜欢的一切在一起，是不是可以适当打扫一下自己的内心，多放些让自己明亮的东西进来。

下面分享一些我最喜欢的部分，希望对你能有些启发。

1. 吃。是的，特别喜欢吃东西，胃口一直都很好，遇到开心和值得庆祝的日子会吃很多。

2. 《安徒生童话》。最喜欢的一本书，遇见了很多书后，我发现还是最喜欢这本启蒙书。它为我的童年带来了很多美好的回忆。

3. 荡秋千。如果以后家里有阳台，要买一个秋千椅子，偶尔感受时光静静地流淌也是一种幸福。

4. 整理屋子。把屋子布置得很温馨，坐在屋子里看书，是我想到的一幅最温暖的画面了。

5. 跳舞。这是一件年轻时候适合做的事情，跟随着律动的旋律欢快地跳动，我会觉得年轻真好。

6. 发呆。坐火车的时候喜欢发呆，望着窗外胡思乱想。偶尔压力大的时候反而喜欢发呆，偶尔的放空也是一种休息。

7. 看书。如果能有一大块时间来看书，真是一件幸福的事情啊！希望以后家里能有一个大大的书柜，上边放满好多自己喜欢的书。

8. 用文字记录心情。这件事情一直在坚持，很多时候特别是压力大的时候写着写着内心也跟着安静了很多。

9. 唱歌和听音乐。可以唱一个通宵 KTV 都不累，太喜欢了，就是喜欢唱歌。同样地，听音乐也不累。

10. 瑜伽。能让人安静下来的同时让身材变得很好，何乐而不为呢？

11. 旅行。不喜欢跟旅行团，喜欢自己慢慢地边逛边走，碰见好吃的就停下，碰见喜欢的风景就拍照。

12. 玉米饼。童年的记忆里爸爸做的玉米饼特别好吃。

13. 买小贴纸、文具。无论多少岁，还是要保持一颗童心，这个习惯跟随好多年了。

14. 看电影。喜剧、悲剧、爱情片，唯独不看鬼片，感觉每看一部都经历了一遍别人的人生，有时候有很多感触。

15. 逛超市。不管买什么，总之去超市就是很开心，生活感觉很落地，感恩自己还有生活。

16. 手工 DIY。喜欢手工缝制一些布艺包包之类的，自己动手丰衣足食。

17. 照镜子。有点自恋，去商场里碰到镜子总是要偷偷照一下再走。

18. 做面膜。感觉在给皮肤充电。

19. 养花。如果以后我有一个大大的阳台，就要养很多花，然后每日细心地照料。

20. 画画。生活节奏太快，反而喜欢这种慢节奏的爱好。

21. 蛋糕。无论是吃着还是看着，都感觉很美好。

22. 广播和听广播。大学时候是校广播站的，也比较喜欢自己的声音。同时，安静的夜晚也喜欢静静地听广播。

23. 吹泡泡。小时候会自己制作泡泡水，用洗衣粉；后来发现有卖那种一口气能吹出很多的泡泡水，太好了。

24. 自由。不喜欢被束缚的生活，随心的生活和工作是我想要的。

25. 西红柿炒鸡蛋炒辣椒。我最喜欢的一道菜。

26. 泡温泉。暖乎乎的，想起东北的热炕头。

27. 骑自行车。悠闲地骑自行车，微风吹过脸颊，感觉年轻真好！

28. 棉花糖。美好的事物都很喜欢。

29. 钱。是很喜欢，有了钱就可以去买书、参加培训充电，支持梦想的同时让自己越来越好，这得承认。

30. 《樱桃小丸子》。承载着童年所有美好的回忆。

# 三分之一的租房观

古典《拆掉思维的墙》中有句话，记得当时看完对我的触动很大：“一栋房租消灭一个梦想！”

书中举了一个故事案例，小强和小明关于房子的故事。



“小强和小明毕业 2 年，月收入都是 1500 元。小强决定买房月供 3000 元，而小明在单位附近花 1500 元租了一间房子。小强每个月只有 300 元的节余，他小心翼翼地避免所有的大额消费。小明则开始把更多的钱花在自己身上，他觉得这个时候投资职业才是最重要的。10 年过去了，小强在自己的公司做到经理，年薪 20 万。而小明 5 年后升到经理，跳到另外一家企业做到了总监，然后又与两个朋友开始一起创业，现在又有股份，年薪大概 68 万。”

每次回忆起这个小故事都会警惕自己，不要在房子上投入太多，如果在房子上投入太多可能会造成囊中羞涩以至于会减少投资职业的比重。就像是两栋都在修建的大楼，一个不是用肉眼能看到的；一个是实实在在的一砖一瓦，很多人觉得能抓在手里、看得见的才是靠谱的，但是很多人忘记了物价上涨才是最危险的敌人。

高晓松也曾表达过关于房子的价值观：“我妈从小就教育我们，不要被一些所谓的财产困住。所以我跟我妹走遍世界，然后我俩都不买房，就觉得很幸福。我妈说生活不只是眼前的苟且，还有诗和远方。我和我妹妹深受这教育。生活就是诗和远方，能走多远走多远；走不远，一分钱没有，那么就读诗，诗就是你坐在这，它就是远方。越是年长，越能体会我妈的话。”

看来还是有些人对物质的要求没那么高。我是平凡的普通人，我的想法是如果以后财富积累到我可以买房也绰绰有余，我可能会考虑买。但是，这可能是很久以后的事情了，对我来说年轻时最宝贵的是时间和光阴，最有价值的应该是用金钱和时间去实现理想。如果自己的理想能为社会带来价值，那不是更好吗？所以来北京之后在租房子这件事情上没有给过自己太大的压力。为了让自己生活维持平衡度过，通常是将收入里的三分之一拿出来用来租房。如果总是加班，就想办法把房子围绕公司租，条件艰苦就艰苦些、小点就小点，反正一般也不在家。剩下的除了生活的开销之外，一般都用来充电投资职业之类的。发现一个有意思的心理，之前住大房子的时候总想着买点这个买点那个，后来房间变小，开始琢磨把这个断舍离、把那个送人吧，也不会想着要乱买东西了。

但是，如果是租条件一般的房子，有一点需要注意的是日子久了不要被眼前的生活同化和止步，变得不上进可不是什么好事。有些人把工资的 2/3 用来租环境很好的房子，于是对工作就有了无限的动力。为了维持自己的生活品质，房租成了工资的动力源泉，这也不失为一种让自己保持战斗力的方法。但是对于刚北漂或者刚入职场没几年的年轻人，我建议还是在租房这件事情上找到自己的平衡点，总之要留出一部分充电、投资职业和自己的资金，投资自己比投资房子要靠谱多了。就算身处比较差的环境，也要时刻提醒自己生活不只是眼前的苟且，还有诗和远方！

三分之一是我的租房价值观，希望你也能找到适合自己的生存之道。

# 那些不舍得丢弃的复古爱好

总有些爱好和习惯是任时间如何冲刷始终都如影相随在身边长情陪伴。哪怕岁月的年轮一圈一圈增加，也不怕被别人嘲笑土，所谓江山易改本性难移，我们改变不了别人，也比较难改变自己，有些并无大碍的习惯能保留就保留着吧。我也有些复古的习惯，不记得是从什么时候起就开始爱上的。一个人的爱好和性格有很大关系，发现自己最近几年也是越活越回去了，总是玩一些“幼稚”的东西，或者童年时期那些没有玩尽兴的东西，感觉自己在补些什么。不过那些让我很开心的爱好，最近几年我也在不断地满足自己，玩得更开心一些。我觉得活在这个世界上如果每天都能开开心心的，那也是很幸福的，在意太多人的眼光会让自己很累。

### 用本子写字

绕了一大圈，包括玩云端存储，还是丢不掉用本子加钢笔记录心情。我买过很多各式各样的本子，绕来绕去最后还是回到了最初来北京第一个月手工制作的那个本子。现在一有什么重大的变化和小惊喜，我还会用这个土土的手工本子写字。这像是汇报一样，有个人愿意耐心地听你生活和工作中一些鸡毛蒜皮的小事，也会翻到前边看曾经的小烦恼小担忧，然后微微一笑。原来你当下遇到的烦恼过一段时间后就会变成没什么大不了的事情；原来没什么是过不去的，明天的明天或许还是晴天，即使不是晴天也不该影响今天快乐的心情。应了那句话：你不该为不快乐的事情浪费一分钟！

### 用本子摘抄美丽的句子和段落

我记得高中的时候我的作文经常都会在班级里诵读，那时我有一个很厚的大本子，里边记录了很多励志的鸡汤励志句子，我会经常来回翻看，甚至有时会利用中午上学的路上背诵一些段落。这为我写作文加了不少分，总是随便就能想起一个段子用上。

现在每次心烦意乱的时候，无论是翻看之前写的或是用钢笔新记录一些能带给我能量的段落，也都能让心情好一些，文字也是有力量的。用本子摘抄句子的习惯看来会一直坚持，因为已成习惯。

### 听广播

初中的时候，每天最幸福的事情就是躲在被子里偷听广播。大人都睡觉了，我也要进入另外一个喜欢的世界了，管它明天要不要上早自习，反正妈妈会过来把我叫醒。第二天上学和闺蜜骑自行车的时候我们经常讨论着昨天广播的内容，后来闺蜜念了播音专业成了我们市电台的主播，而我在大学的时候也实现了主播梦。现在晚上还会偶尔打开广播听一会，最爱的是巧克力韩力的声音，有时候听着听着就睡着了。有时候早上醒来发现广播仍有动静，忘记关的情况总会发生。

**买文具和小贴纸**

以前每次开学最开心的是买新书包、新本子、新文具，头天晚上就开始试背，别管学习怎样装备一定要五眼齐。直到现在路过书店或是文具店，或者商场里的文具店，都会忍不住进去逛逛。以前觉得这样太幼稚了，挺大的人了还在本子上贴得花里胡哨的。后来觉得算了吧，也没人嫌弃我的本子丑，我的本子我做主，就算是有一天拿出来惹得别人哈哈大笑也不打紧，谁叫这颗童心是一时半会也灭不了的。童心还是要有的，期待还是要有的！

**用本子做每日计划**

到现在仍旧喜欢在本子上写下今天要做的事情，偶尔贴上小贴纸给自己大大的鼓励。而且随着时间的推移，在本子上做计划的经验越来越丰富，也逐渐形成了自己习惯的风格。我有一本专门的手账本，上边汇集了我的101梦想清单、今年的梦想愿景，以及每日的计划安排等。我还是喜欢在本子上涂涂抹抹，不太习惯用一些软件来代替，用笔触纸涂抹的感受是软件所不及的。

**喜欢在博客记录文字**

大部分的人已经从博客转到微博，然后又转到微信，但是博客仍旧是我文字记录的大本营。有的时候我们记录的文字和图片不仅仅是给别人看的，也是为了把时光上了锁，一年一年被图片和文字记录在了这个魔法的盒子里。这些文字不仅存留在了云端，如果能给别人带去力量，也是在做好事嘛。

**看纸质的书**

尽管现在开始流行看电子书，电子书携带方便又省钱，但是我还是喜欢看纸质的书籍，还是喜欢在书上边看边涂抹，或者记录上当时的启发和灵感。看着书架上满满的书籍，心里也会很踏实的感觉。看着一本本自己涂抹过的书籍，像是一个个老朋友，有时候还是忍不住和它们打个招呼重温一遍曾经的欢乐。

**自己 DIY 一些东西**

商场里的每件衣服都有很多同款，而自己设计做出的衣服总是合自己的意，又是独一无二的。我从小就爱给自己的娃娃手工做一些衣服，因为太漂亮的玩具衣服我买不起。但是，我的手工还不错，在奶奶的帮助下能给娃娃做出很多不同款式的衣服。小的时候玩娃娃，大的时候玩自己，给自己做包包，给自己做首饰。我喜欢一切自己动手，玩得开心，又很省钱，有的时候觉得自己做的简直比一些大牌子的商品看着还要顺眼。

有些习惯就是喜欢，没有道理，也不需要道理。尽管土得掉渣依旧是真爱，那些舍不得丢弃的复古习惯成了你暖暖的小幸福，成了你的特殊符号。

# 北漂五年 陪我一起走过的小屋

把自己想象成一块方糖，放在咖啡里，咖啡就不苦了；放到茶里，茶就不涩了。只要自己够甜，融在世界中，你的整个世界就是甜的。如果我们自己有甜的能力，这是没办法取代的。即使这杯茶没了，还有更多的咖啡和茶可以跟我们配。

——《马历连梦录》



把自己想象成一块糖，糖遇到什么都会一直甜。幸福的决定权一直掌握在自己手里。北漂5年，大部分时候我都用自甜的办法度过。当时认为的小坑小洼，回过头来，其实大部分日子都是开心的。因为你的快乐不需要去商店买，如果自己是一个工厂的话，就会产出源源不断的幸福。

汪峰唱：“我在这里寻找，也在这里失去，北京，北京——”这首歌没事我不敢听，节奏和旋律都很纠结，北漂真的有那么心酸和悲壮吗？有人说我是一个活在自己世界里的人，专注着自己的小生活，外面发生了什么失去了什么都仿佛与我无关，关起门来过自己的小日子。这么说挺对的。因为大部分时候我都不太在意一些有的没的，我只是一直奔跑着，争取到达我想要去的世界。

来北京第一周是在表姐家寄住，我把自己变身成一个皮箱寄存在她那里。这和我想象的北京还是有些不同的。现实总是让人很伤心，时刻提醒自己曾经电视剧看多了，北漂哪有电视里演的那样华丽。眼下找到一个落脚的地方才是最重要的，所谓露宿街头就近在咫尺。

**第一个小屋　400元每个月的民建房**

第一周我就找到了一个月租400元的民建房四楼的小屋。别的我都没要求，只要有一个窗户就好，只要有窗户就觉得一切都还有希望。后来表姐分析，那个房间为什么四面都是瓷砖，有可能之前是浴室隔断成的一个单间。隔壁的男女每天晚上都会按时按点吵架，男孩会说：我真的真的走了！有时会听见箱子叽里咕噜从楼梯滚了下去。第二天接着上演这样的情景剧。

窗台上我养了一盆花，它提醒我要乐观面对一切。不过，我并没有因为蜗居在此而垂头丧气，心里有好多好多的憧憬。我对自己说：我23岁了，我要尽自己最大的努力和力量去遇见更多的美好。从今天起我的人生就是一张崭新的白纸，而我就是负责这张白纸的画家。我在笔记本上开始畅想起理想和美好的未来，列了一些想要去做的事情清单，觉得未来处处透露

第一个小屋

着生机勃勃、一派欣欣向荣的景象。一切都太棒了，我年轻、我青春，我刚刚开始，我有大把的时间，我有理想。所以管它现在住哪儿，我未来一定会有办法让周围的一切包括自己都变得越来越好的！

我对房东说，我什么都能够接受，哪怕下雨天房子会漏水，只要不滴到我的床上就行。后来，只要是下雨天雨水真的滴到床上了，床总是潮乎乎的。因为一个月后我找到了一份每月1800元的工作，不久后就搬离了这里。

很多人刚来北京因为手里没有多少启动资金，所以和我一样会住这种民建的筒子楼，会住地下室之类，条件很艰苦。很多人会觉得条件艰苦，拿这里的环境和老家做比较；也会伤春悲秋，觉得在北京生存下去会是比较难的事情。而我的经验是，从一开始就没太在意当下这些所谓的俗事。我认为开始住哪儿并不是我烦恼的重点，我应该把主要精力重点放在怎么改变、职业方向选择上等，当下这些杂七杂八的琐事不该浪费宝贵的精力，一天都不要浪费或者说一分钟都没必要浪费。你的时间才是最最重要的成本，不是重点的其他一切事情都可以省省力气。再说有些苦年轻的时候多吃一些也没什么不好，能磨炼意志，同时以后也可以给自己的小孩教育一些正向的力量。这些曾经年轻时候吃过的苦都是一枚枚发光的胸章，把他们骄傲地戴在胸前，昂首挺胸，自信地面对任何人。所以，无论你住在哪个地下室、无论你来自哪个小城市的小城镇、无论你的起点有多低，都没有必要因为这个而不自信，就是要有一身充满正气的傲骨，把眼光和视野放长。时间不会小视任何一个想要改变的青年人、中年人或老年人，只要想活得更精彩，谁都可以！

**第二个小屋　冬天很冷**

第二间小屋是第一间小屋旁边的楼房。在一个五层还是民建筒子楼里，我把窝安在了那里。我其实特别想住第五层，顶楼的小屋，夏天可以乘凉冬天可以晒被子，好像在老家的房子，像个院子。我觉得楼上的男孩好幸福，于是去打听是否能出租给我，这才得知楼上是房东的儿子。我住的房间好的是窗外有一棵长得郁郁葱葱的大树，而且每间小屋的隔音效果很好，是实墙而不是隔断。不管外面的世界怎样，我的世界里还是要做一些装饰的。

我记得那时盘缠已经所剩无几，但还是去旧物市场买了一堆杂七杂八的东西。在我住的不远的地方有一个大型的旧物市场，里面有很多琳琅满目的旧货。我那时最大的乐趣就是去逛旧物市场，经常淘一些旧货，虽然都有些旧，但是淘宝是我的乐趣，我总是能找到一些不可思议、常人无法体会的小快乐。

我还是养了盆花，提醒我要乐观面对一切。我还将当时用的破桌子全部粘上了紫色的墙纸，又买了一个淡蓝色的床单四件套，这样简单的装饰下，觉得心里也亮堂了很多。日子过一天就要满意一天。心底虽然也发毛，但是我相信自己一定能找到更好的工作！

第二个小屋

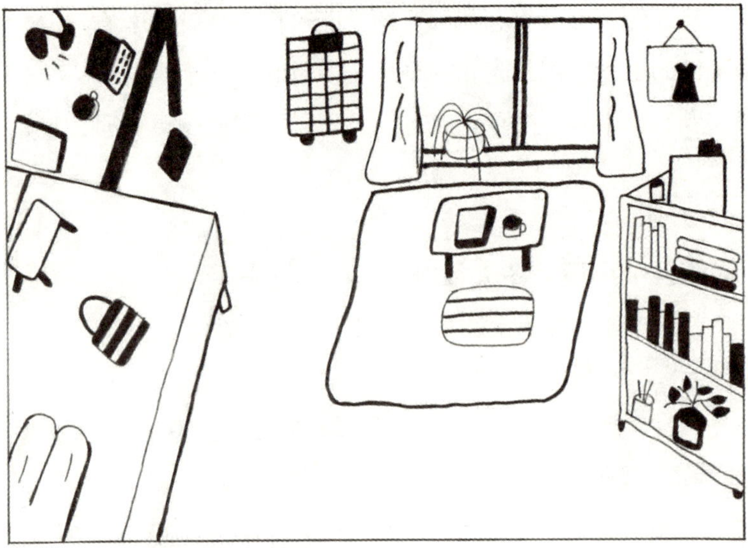



2012 年被迫离开这里，850 元房租还算勉强撑过。但是冬天一来就是噩梦袭来，取暖费、电费、物业费等，算下来 1000 多元，加上裸辞，被迫离开了这个陪我一起哭一起笑的小屋。年轻好像什么都不怕，手上有 3000 元就敢裸辞。因为职业变动，我需要找一间更便宜的、离上班公司更近的房子。我习惯了一个人住一间房，喜欢有空间的生活，我最想要住的就是楼顶，一间或许很破但是有院子有阳台的屋子。我相信自己总有办法将那里魔法般变好，我习惯自己动手。之前一直都很欣赏三毛，在贫瘠的撒哈拉沙漠也能打造出沙漠里的天堂。有时也会将当时自己贫瘠的生活比喻成撒哈拉，而我要做的就是无论身在哪里，都要打造一个属于我自己的天堂。

**第三个小屋　终于有了大大的且充满阳光的窗户**

2012 年世界末日那天我选择了搬家，要是就这么死了，就不用付房租了，想想就觉得轻松了不少。房租 700 元，在一个居委会的二层小屋。一间一间被隔开像大学宿舍，这间房子是之前所有房子中的最爱，因为它的窗户最大，能洒进来满满的阳光。我还是在坚持养花，绿色总是让人心情那么好。

这间之所以那么便宜，是因为它是隔断间，隔音效果没那么好，再加上屋子里没有厕所。我之前住的筒子楼好歹还有一个厕所，洗澡都很方便，等到这间就是一张床一个桌子一个梳妆台，然后屋子里就没有其他空间了，小得可怜。不过对于我当时的情况来说已经是最好的了，因为它便宜，700 元，网还是免费的，水费是公共水池固定收费。我对生活的要求，一张床也就够了。那时对生活的要求没有那么高，我的重心全部放在了工作上。我相信通过自己的努力一切都是可以改变的，对物质条件没有必要要求那么高。

这个小屋前后住了两年左右，后来还是因为工作，搬到了

第三个小屋

离公司很近的合租正规楼房中的一个小间。加班总是到很晚，考虑到时间成本和安全性，我搬家到了离公司很近的地方。



### 第四个小屋　谢谢你陪我走过艰难的日子

有很长一段时间每天基本上都是晚上 9 点多才下班。为了加班后回家方便，我把小屋安在了离公司两站地铁的距离，如果坐地铁的话从家里到公司有半个小时就够了。但是我都骑自行车去上班，因为这样每天既可以锻炼，也不用担心如果太晚会没地铁坐，最关键的是自己骑自行车可以省掉一笔交通费。

这个屋子很小，也没有很充足的阳光，但是能每天节省出很多宝贵的时间，对我来说已经很开心了。隔壁有两户，住的都是女孩，一个女孩是舞蹈老师，另外一个女孩是做培训的东北老乡。于是，我一个人北漂这么久终于有了室友，晚上我们偶尔也会说说话。我们的关系虽然不像《欢乐颂》里五美处得那么好，但是偶尔也会互相帮助借个锅碗瓢盆之类的。

这个小屋陪我度过了猎头初期最艰难的日子，它见证了我每天早晨天不亮就开始忙碌的勤劳。如果小屋能听见我说的话，我要很认真地说一声：感谢你陪我走过，感谢有你陪伴的所有日子！

第四个小屋

# 在最好的时代<br>做最好的自己，做一场最美的梦

那天看完电影《重返 20 岁》，带给我的触动很大。这部电影讲述的是一位坏脾气老奶奶要被家人们送去养老院，伤心地路过照相馆，没想到这样一拍竟然回春到了 20 岁时的青春模样。后来机缘巧合之下加入乐团当了主唱，更和音乐总监再次有了“恋爱的感觉”。重新返到 20 岁之后，她做了年轻时候没有机会做的事情——唱歌，做了一场最美的梦。年轻实在是太好了，可以唱歌、可以跳舞，可以谈一场最美的恋爱，可以去旅行。这个时候不管遇到什么问题，其实都是浮云，因为有大把的时间可以去浪费。总之，没有比年轻更好的时节了。

如果让我穿越回 20 岁，我要做什么呢？2008 年我 20 岁，是大二，那是我人生最痛苦的一年，我还是不要回去了。2009 年我 21 岁，如果穿越回去，我应该不会考公务员自取其辱。人应该早早认清自己，最后只有一个名额的考试是不可能落在一

个从来都没有排过全班级第一同学身上的，该干什么干什么去吧。2009 年不要去政府机关实习了，直接北漂；也不要做其他工作尝试浪费时间了，直接做猎头。如果从 2009 年开始做猎头到现在，凭着我的努力，应该可以挤进顶级猎头的圈子了。从 2007 年就开始觉悟，成功瘦身，这些年估计也遇见不少心仪对象，说不定现在都有小孩了，也不至于落得现在形单影只。如果从 2007 年就开始旅行，从 2007 年就开始坚持写字，现在一定是一段很成功的励志故事了。

如果我一开始就找到职业目标，然后一路都很顺利，过五关斩六将，没有过去磕磕绊绊那样的人生，还有意思吗？一直以来正是因为过去坎坷的北漂经历，才让我现在倍加珍惜现在遇到的一切。想着想着，我开始觉得现在是极好的。虽然羡慕 20 出头，但是 40 岁的时候同样羡慕现在。现在和余下的每一年相比，都是年轻的，何必瞻前顾后羡慕呢?！如果有一颗 20 岁的心，依然可以去做很多想做的事情。不必和之前比，也不必和之后比，只要今天活得踏踏实实，尽兴认真，就不辜负自己的人生。活在当下，应该就是最好的选择！

虽然从我们出生起就输给了其他很多小孩，同样是 Baby，智商、颜值、财富继承很多都不一样。你不能选择上天给你发的牌，你只能选择接受。但是，尽管有这样那样的不公平，人和人之间有一样是公平的：那就是时间！如果按照 80 岁来算终点，我们每个人都有 80 年的时间可以消费，80 年里体验的事情跟我们的选择有很大关系。时间就是一张网，你往哪里投就在哪里收鱼。以前我还会羡慕这个钢琴弹得好，那个跳舞跳得好，这个人皮肤好那个会穿衣服，那个人去过很多地方旅行过很多国家。现在我不会再羡慕别人了，因为这是他们自己的选择。选择把人生的时间花在哪里，精打细算地用在哪里，哪里就有成果。当然，如果你不想学跳舞，不想去旅行，你今天的成就都是别人逼着做到了，那即使做到很成功，也不会太开心。既然我们的终点都是死亡，为什么就不勇敢一点去追求你真正想要的生活和人生，在最好的年纪活出最好的自己，在当下做一场最美的梦呢？

我所理解的成功是在自己选择的领域内玩得很嗨的人。不管从事的职业高低，不管赚钱多少，你能珍惜自己的时间，即便暂时没找到心仪的工作，起码尝试爱上它，也是不错的选择。因为只有你爱自己的工作才会不计较，才会越玩越嗨；一旦玩得很嗨，就会成为那个领域很厉害的人，财富自由，也是早晚的事情。如果财富自由人生也就自由一半了，因为可以安顿好家里人，让他们觉得你不是胡闹，你也有了时间资本去胡闹，接着可以去寻找很多自己想做的事情。人生没有太早，也没有太晚，只有刚刚好。首先接纳上天发给你的一副牌，接纳自己，接下来珍惜时间，努力体验，活在当下，就像电影里说的那样：在最好的时代，做最好的自己，做一场最美的梦！